망상 속에서

망상 속에서

라석 현민식 제2 수필집

전출판

한 점 구름을 바라보며

오늘도 무더위가 기승을 부립니다. 선풍기 틀어 놓고 마루에 큰대자로 누워 낮잠 자는 재미가 일품입니다.

세월은 쉬지 않고 흘러갑니다. 살아온 순간을 뒤돌아봅니다. 아득한 팔십 여섯 굽이가 이어졌습니다. 행복한 순간들입니다. 서화로써 중국 대륙을 누비기도 했습니다. 한국 서예의 위상을 높이기도 하였습니다.

이제 가슴에 품었던 글을 모아 세수를 시키고 길 떠날 준비를 시켰습니다. 먹 갈아 글씨 쓰고 그림 그리다가 틈틈이 시간을 내어 탄생시킨 녀석들입니다.

잘 생기지는 못했습니다만 이제 여러분의 품속으로 보내렵니다. 가을바람과 함께 떠나보낼 겁니다. 가는 데마다 많은 사랑 받았으면 기쁘겠습니다.

2018년 10월
라석 현민식

차례

2부

3부

4부

5부

6부

1부

催行步圖 발걸음 재촉하다.

吾至於何處 顧後無行跡 나는 어디쯤 이르렀을까? 뒤돌아보니 발자취 없네.

日欲落西山 前路遠而險 해는 서산에 지려하는데 갈 길은 멀고 험하구나.

心急催兩脚 遲哉已遲哉 마음이 급하여 두 다리를 재촉하건만 늦었네, 이미
　　　　　　　　　　　　　　　　　　　　　늦었네.

*경자년(2000년) 가을 살아온 과정을 돌아보다 나태한 자신의 발걸음을 재
　촉하며 그린 작품이다.

매화꽃 핀 아침

　두 늙은이가 단둘이 단출한 아침 밥상을 물리고, 김이 모락모락 피어오르는 찻잔을 앞에 놓고 나란히 거실 창가의 소파에 등을 기대어 앉았다.

　다음을 이어 살아갈 핏줄들은 뿔뿔이 흩어져 서울 등지에서 입에 풀칠하는 데 여념이 없다. 두 늙은이를 위로해 주는 것은 일요일마다 전화로 안부를 물어오는 어린 손자 녀석들의 애교 어린 맑은 목소리다.

　우리 두 친구의 공통의 주 화제는 일곱 살 초등학교 일 학년생과 네 살배기 장난꾸러기 손자 녀석의 건강하고 당돌한 장난 이야기다. 오늘도 눈에는 작은 녀석의 모습이 어른거린다. 세 살 위의 형에게 지지 않으려고 악을 쓰는 모습이 처절하다. 형을 기어이 이기고야 만다. 고집불통 녀석이다. 다리를 딱 벌려서 눈을 크게 부릅뜨고 손을 번쩍 들었다가 힘껏 내리치면서 '번개 파워' 고함을 칠 때의 모습은 가히 영웅다운 모습이다. 형은 순하고 영리하여 동생의 주장을 잘 받아 준다.

일요일엔 이 할아비와 할미에게 어김없이 전화를 하는데, 오늘은 깜깜 무소식이다. 은근히 기다려진다. 아침에 전화가 없으면 저녁에는 우리가 할 것이다. 학교에 다니는 형은 공부를 잘한다. 공부도 중요하지만 심성이 아름다운 녀석이다. 이 녀석은 성정이 고와 학급의 외톨이들을 데려다가 같이 놀아 주고, 성적도 우수하다. "학급 회장에 당선되었어요."라고 전화 온 지가 며칠 되었다.

따뜻한 생강차를 한 모금 마시고 느긋한 시선으로 정원의 나무들을 어루만진다. 맨 먼저 시선을 멈추게 하는 것은 꽃이 벌어지기 시작한 백 매화다. 매화는 서두는 법이 없다. 아무리 추위가 맹위를 떨쳐도 느긋하고 찬찬하다. 서둘지 않으면서 추위에도 굴함이 없이 화사한 꽃망울을 터뜨린다. 의젓하기가 영락없는 군자의 모습이다. 지금 두 송이 꽃이 피었으니, 오늘 오후에는 다시 두세 송이가 더 벌어질 것 같다. 봄은 언제나 매화 따라 온다. 매화가 먼저 꽃을 피우고 기다리니, 봄도 눈치가 있어 게으름을 피울 수 없는 성싶다.

하늘도 파란 얼굴로 추위에 맞서는 매화를 격려하여 온기를 보탠다. 화분의 모과나무도 사랑스러운 새싹을 봉곳이 내밀어 봄을 맞는다. 지난 해 유난히 많은 감을 선사하여 우리에게 즐거움을 주었던 감나무는 아직도 깊은 잠에 빠져 있다. 열매를 잘 키워서 우리 가족에게 선사한 감나무는 몸이 얼마나 고단

했을꼬! 애틋한 생각이 든다. 고생한 감나무에 거름을 많이 주어 기운을 보충시켜야겠다.

사철 기세가 등등한 것은 송죽松竹이다. 송죽은 두둑한 배짱으로 계절을 무시한다. 마음 착한 향나무는 윤심지潤心池에 그늘을 드리워서, 귀염둥이 아기고기들이 여름을 편히 날 수 있게 돕는다. 향나무도 송죽에게 지지 않는 푸른 의지를 과시한다.

윤심지의 고기들은 짝을 지어 꼬리를 흔들면서 여유로운 몸짓으로 봄맞이 연습에 한창이다. 모든 식구가 분위기를 잘 돋우는 아름다운 아침이다. 지금 살고 있는 이 집은 1979년에 지은 낡은 건물이다. 아파트로 이사하고 싶기도 하나 정원에 대한 애착을 버릴 수 없어 여기 눌러 살기로 하였다.

낡은 구식 건물이라 겨울을 나는 데 좀 춥기는 하나, 생을 여기서 끝낼 것이다. 나의 작품은 모두 여기서 탄생한 것이다. 집터가 길지吉地요, 조상님들이 혼이 깃든 곳이다. 나의 건강도 이 집이 지켜주고 있다. 조상님의 음덕은 호천망극昊天罔極이라, 어찌 필설로 그 은공에 대한 보은의 정을 다 기록할 수 있으리오. 부모님 살아계실 때 효를 다 해야 하거늘 떠나신 후에 후회하고 그리워한들 무슨 소용인가. 살아계실 때 효도하지 못한 게 슬프다.

아침의 즐거운 차 시간이 끝나면 우리 두 친구는 제각기 할 일을 따라 헤어진다. 아내는 빨래를 하고, 방을 청소하고, 정원을 손질한다. 늙은 몸으로 힘에 버거운 일이나 불평 한마디 없이 열심히 해주는 친구가 고맙고 사랑스럽다.

이층 서제의 문방사우가 나를 기다리고 있다. 그들은 내가 없으면 쓸모없는 존재다. 나와 힘을 합쳐서 서화 작품을 창조해 내려고 목 타게 기다린다. 우리는 매일 합동 작전으로 작품 활동을 해 왔다. 문방사우와 작가 가운데서 하나라도 빠지거나 제 역할을 하지 못하면 멋있는 작품이 나오지 않는다. 나의 작업실에는 붓·먹·벼루·화선지 모두 멋쟁이들만 모였다. 이들 문방사우와 나는 힘을 모아 아름다움과 행복을 창조해 가고 있다. 오늘도 훌륭한 작품을 창출함으로써 행복한 하루를 만들 것이다.

일에 몰두하여 하루를 보내면 행복주머니에 그 수확물이 가득히 담겨 묵직하다. 사람은 일을 하기 위하여 태어난다. 이백李白은 그의 시 장진주將進酒에서 "하늘이 나에게 재주를 준 것은 반드시 쓰임이 있을 것天生我才必有用"이라 하였거니와 무위도식하는 것은 그 자체가 악이다. 놀면 일어나서는 안될 악마의 유혹에 걸려들어 파멸을 자초하기도 한다.

서화 작품을 하는 동안은 모든 것을 다 잊고 오로지 작품에만 집중하게 되므로 시간 가는 줄을 모른다. 훌륭한 작품이 나오면 그 작품은 나의 생을 보람 있고 빛나게 한다.

노력! 그것은 아름다운 이름이다. 오늘도 노력하여 보람과 기쁨이 충만한 하루를 만들고 싶다.

(2015. 4)

가정의 보물

팔십 대의 친구가 모였다. 젊었을 때는 요직을 두루 거치면서 사회 발전에 많은 기여를 한 맹장들이다. 한 친구의 말이 나의 귀에서 떠나지 않는다.

아들 녀석이 "아버지도 자애로운 아버지가 되십시오."라고 하더라는 것이다. 그의 아들이 어떤 의도에서 한 말인지를 알 수가 없으나, 어머니가 먼저 돌아가셨으니, 아버지가 어머니의 따뜻한 역할을 해 주시라는 뜻에서 한 말이 아니겠나 하는 생각이 언뜻 들었다. 아버지가 자애로우면 손자들에게도 인기가 있을 테니까. 사실 가정에서 어머니가 차지하는 무게는 절대적이라고 할 수 있다.

그는 말한다. "아비가 위엄을 가지고 흔들림이 없어야지, 어미와 같이 자애롭기만 해서야 되겠는가."라는 것이다.

나도 그의 생각에 동의하고 싶었다.

"가정에 있어야 할 진귀한 보물은 무엇인가?" 생활에 당장 필요한 것은 의식주인 경제다. 하지만 이 친구는 경제생활에는 별로 어려움이 없는 처지다. 그런데 나는 윤리에 많은 고민을 하며 살아온 사람이다. 골똘히 생각해 본다. 우리의 가정에는 반드시 있어야 할 보물은 '사랑과 위엄'이다. 진정한 사랑과 위엄이야말로 가정의 진보라고 굳게 믿고 있다.

위엄은 아버지가, 사랑은 어머니가 품고 있다. 만약 아비와 어미가 다 자애롭기만 하거나 엄격하기만 하면 정상적인 가정이 될 수가 없다고 생각한다. 예부터 엄부嚴父 또는 엄친嚴親과 자모慈母. 또는 자친慈親란 말이 있다. 아버지는 때로는 엄하여야 하고 어머니는 자애로워야 한다는 의미다.

자녀들의 잘못이 있으면 아버지는 엄하게 훈계한다. 자녀는 눈물을 흘리면서 어머니에게 가서 하소연한다. 어머니는 자애로운 말로 타이른다. "너의 말을 들으니, 네가 잘못 했구나. 아버지께서 너를 미워해서 꾸짖었겠냐? 그게 아니다. 아버지께서는 너를 사랑하기 때문에, 네가 바르고 훌륭한 사람이 되기를 바라는 마음에서 훈계한 것이니 섭섭히 생각하지 말고 잘못을 반성하여 다음에는 잘못을 저지르지 않겠다는 결심을 해야 한다. 알겠느냐? 아버지께 가서 '제가 잘못했습니다.'라고 말씀 드려라."라고 해야 한다. 그러면 그 가정은 화목하고 자녀의 교육을 잘하는 가정이 될 것이다.

반대로 어머니가 맹목적으로 자식만을 사랑해서 "아버지가 너를 울렸구나, 조금 잘못한 것을 가지고 야단을 치셨구나, 너의 아버지는 언제나 그러더라. 자기도 잘못이 있으면서."

　이런 어머니가 있는 가정은 일마다 어긋날 것이요, 자녀의 교육은 실패할 것은 물론이며 불화는 계속될 것이다.

　가정에 있어서는 의식주衣食住가 중요하기는 하나, 중요한 것은 '사랑과 엄정함의 조화'가 가장 소중한 보물이라 할 것이다.

　지금은 한 자녀만 낳아 애지중지 키운다. 예부터 외둥이는 버릇이 나쁘다는 말이 있다. 자녀는 맹목적 사랑만으로 키우면 반드시 실패한다는 것은 오랜 역사가 증명한다. 물론 예외가 없는 것은 아니다. 작금의 사회 혼란, 도의의 타락은 과잉 사랑이 낳은 결과라고 할 수 있다.

　맹목적인 사랑 속에서 자란 젊은이는 가정과 사회와 국가에 보탬이 되기는커녕, 자기 한 몸도 지탱할 수 없다. 진위眞僞와 선악善惡의 가치관이 모호한 환경에서 자란 사람이 어찌 국민으로서, 사회의 구성원으로서의 제 몫을 할 수 있겠는가. 역경 속에서 자라야 어려움을 당해도 이를 능히 헤쳐 나갈 수 있다. 교육도 암기만 하는 교육은 양질의 교육이라 할 수 없다. 양질의 교육은 피교육자로 하여금 어려움을 헤쳐나갈 수 있는 지혜와 의지를 키워 주는 것이다.

　그 친구의 말을 듣고 다시 곰곰이 생각하였다. 지금 사회는 정상이 아니다. 학력은 높고 문명의 혜택을 많이 받는데도, 왜 타락하는가? 왜 가정은 어렵게 살 때보다 힘없이 무너져 가는가? 어찌하여 사람 마음의 순수성이 훼손되어 가는가? 골똘히 생각하게 한다.

교육 수준이 높을수록, 요직에서 경험을 쌓을수록, 큰 부정을 저지른다. 검찰이나 법원의 높은 자리에 있었던 사람이 퇴직하면 법질서를 문란시키고 큰 부정에 연루되는 것을 보게 된다. 그들은 부정의 편에 서서 변론을 하고 승리로 이끌어서 고액의 사례금을 챙긴다. 경제도 매한가지다. 경제 부처의 고위직에 있던 사람이 기업체에 들어가서 많은 부정을 저지른다. 학벌이 화려하고 고위층에서 경험을 쌓을수록 애국심이나 도덕심은 빈약하다. 이렇게 윗물이 썩으나, 그래도 아랫물은 맑아서 나라의 질서가 유지된다. 농촌에서 농사일을 하는 사람, 일용직에 종사하는 사람은 법을 잘 지킨다. 또 애국심도 강하고 순수하다.

열심히 땀 흘려 궂은일을 하면서 말없이 살아가는 사람이 없다면 이 나라가 한시라도 지탱할 수 있을까.

생각건대 가정에는 사랑과 위엄이 있어야, 자녀들은 난관을 헤치면서 자라야 훌륭한 인재가 될 것이다.

(2017)

청일원의 감나무

나의 집 정원 청일원淸逸苑의 울타리 옆에는 나이가 지긋한 감나무 한 그루가 있다. 4·3 사건 때 고향을 떠난 후 20년 만에 환향하여 이 세상을 마지막까지 여행하는 데 몸을 의탁할 가옥을 마련한 것은 28년 전이었다.

25평 초라한 단독주택이기는 하나 거실의 창을 남으로 내고, 그 앞에 작은 정원을 꾸몄다. 거실 앞에는 작은 연못을 만들어 그 이름을 윤심지潤心池라 하였다. 정원에는 소나무·아기동백·향나무 사이에 감나무 한 그루를 심고 예쁜 정원의 이름을 청일원淸逸苑이라 하였다. 지금은 나무들이 제법 많이 자라 맑고 편안한 분위기를 느끼게 한다.

이 감나무는 제주도 토종 팥감나무다. 유년시절 어머니께서 갈옷을 만들 때 감물을 들이던 감과 똑같은 종류의 감이라 부모님과의 추억이 묻어 있어 애정이 진하게 간다. 이 감나무는 나의 애정 어린 시선을 감지하는지, 그 기세가 매우 왕성하여 봄이면 넓고 두터운 잎이 무성하고 그 속에 꽃을 피운다. 뜨거운 여름이 지나고 가을이 되어 이웃집 감나무는 잎이 다 떨어져도 이 감나무는 한참을 기다려 낙엽이 지는 건강함을 과시한다, 그리고 남몰래 품속에서 예쁘게 키운 빨간 감을 세상에 자랑스럽게 내놓는다.

지난겨울은 눈이 많이 내려 산야가 온통 하얗게 변하였다. 자연은 언제나 고苦와 낙樂을 조화롭게 부여하여 만물로 하여금 천리天理를 터득케 하나 보다. 눈부신 별천지를 선물로 받은 산짐승과 날짐승들은 굶주림과 추위의 고통을 감당하여야 한다.

금강산도 식후경이란 말이 새와 짐승에게도 해당됨을 알 수 있다. 배고픈 짐승이 어찌 아름다운 경치를 즐길 수 있겠는가.

이 후덕한 감나무는 이때를 기다려 굶주림과 추위에 떨고 있는 온갖 새들을 불러 모아 배불리 먹이는 데 인색하지 않는다. 가진 것을 아낌없이 모두 내어주는 너그러운 것이다.

겨울에 아침마다 거실의 커튼을 활짝 열면 이 자선목慈善木은 이미 이른 아침부터 새들을 모아 잔치를 벌이고 있음을 보게 된다. 배고프고 추운 새들을 불러 모아 정성 들여 키운 감을 아낌없이 내어 주린 배를 채워 준다.

우리 고장에는 옛날부터 잔칫집에는 거지도 배불리 먹도록 대접하는 아름다운 풍속이 전해 오고 있거니와, 이 감나무도 아름다운 전통에 묵묵히 동참하고 있다. 온갖 새들이 감나무가지를 자유로이 옮겨 다니면서 맛있는 것을 골라 즐거운 식사를 하는 정경을 보면 마음이 훈훈해진다.

그런데 감 농사를 짓는 맘씨 고운 제자의 달콤한 권유에 따라 금년 봄에 그 감나무의 허리를 삭둑 잘라서 단감나무순을 접붙였다. 몇 년 후에는, 나의 입은 단감으로 마음껏 즐길 수 있을 터이나 올겨울부터는 겨울새들에게 넉넉한 잔칫상을 차려 새들의 추위와 배고픔을 덜어줄 수 없게 되었다.

접붙인 가지가 무럭무럭 자라는 모습을 보면서 아쉬움을 털어 버릴 수 없다. 어느 한 쪽이 즐거움을 누리면 다른 한 쪽은 어려움과 서러움을 겪는 것이 삶의 이치인가 보다.

그런데 언제부턴가 사철 찾아오던 참새를 비롯한 많은 새들이 금년 봄에는 한 마리도 볼 수 없으니 봄이 봄 같지 않다. 그 새들은 배고픔을 달래며 어디서 헤매고 있을까!

(2007)

믿음無信不立

우리는 태양을 신뢰한다. 아니 신뢰하지 않는다고 볼 수 있다. 신뢰하지도 의식하지도 않는다고 해야 옳을 것 같다. 그것은 신뢰의 극치다.

나는 나무를 신뢰한다. 소나무는 겨울에도 푸르러 여름과 다르지 않으리라는 것을 의심하지 않는다. 감나무는 겨울에 앙상한 가지만 남아 있으나 봄이면 새싹이 돋아 꽃을 피우고 감이 달려서 가을에 빨갛게 익으리라는 것을 의심해 본 바가 없다.

우리는 태양이나 소나무 감나무에서 얻는 신뢰처럼 세상 만물에 보내는 신뢰로 인하여 안정을 얻는다. 하지만 구름은 예측할 수 없이 변하므로 신뢰를 보낼 수 없다. 그래도 구름은 비를 뿌려서 만물을 생육한다. 그러나 일기예보에 신경을 기울인다. 일기는 예측불허이기 때문이다. 하지만 일기예보도 틀릴 때가 많아 신뢰성이 떨어진다.

사람들은 옛날부터 여럿이 모여서 생활해 왔다. 그래서 사회생활을 한다고 한다. 그런데 사람은 신뢰성이 매우 떨어진다.

매우 떨어질 정도가 아니라 꼴찌다. 조석으로 변하는 사람의 마음을 규율하기 위하여 규정을 만든다. 어떤 집단이 어떤 사안에 대하여 의논을 하다가 의견 조정이 잘 안되면 서랍 속의 정관을 내어놓고 그 정관에 준해서 결정한다. 반상회도 친목회도 같다. 회원들이 정관을 지키지 않으면 그 모임은 해체된다.

그런데 우리는 나무나 돌, 소와 말, 개와 돼지는 신뢰하면서도 사람은 신뢰하지 않는다. 사람은 지식을 축적하여 속임수에도 능하기 때문이다. 인간은 문화생활을 한다. 하지만 그 문화라는 게 기준이 있거나 사람의 마음을 순화시키는 데는 무기력하다. 탐욕으로 마음이 혼탁하기 때문에 서로를 믿지 못한다. 뿐만이 아니다. 자기 자신도 믿을 수 없다. 오늘 정한 결심이 언제 어떻게 변할지 스스로도 알 수가 없다. 어찌 자신을 믿을 수 있겠는가?

친구에게서 돈을 빌릴 때는 한 달만 쓰고 기한 내에 꼭 갚겠다고 한 마음이 변해서 여러 가지 이유로 갚지 않는다. 들어갈 때 마음과 나올 때의 마음이 다르다 한다. 사람은 지식이 쌓일수록 마음에 변덕의 폭이 큰 것 같다. 그러므로 인간의 삶은 불안하다. 남을 속인 사람의 마음도 불안하고, 남에게 속은 사람도 마음이 불안하다.

그런데 거짓말을 하고도 불안하거나 가책을 안 받는 사람이 있다. 우리 사회를 이끌어 가는 정치인들이 그 으뜸이다. 일부 지식이 있고 말을 잘하는 자들은 더욱 믿지 못한다. 우리 사회를 이렇게 불신의 늪에 매몰시킨 자들이 그들이기 때문이다. 그래서 국민은 행복해질 수가 없다.

서로 신뢰하는 사회를 만들지 않고서는 우리나라는 바로 서지 못한다.

(2003년 봄)

물소리

졸졸 흐르는 물소리는 언제 들어도 시원하고 마음을 잔잔하게 한다. 물소리라고 같은 게 아니다. 우리 집 청일원淸逸苑의 윤심지潤心池 물소리는 속삭임이다. 귓가에서 간질이듯 다정하게 소곤소곤 속삭인다. 맑디맑은 애잔한 목소리로 아침마다 나의 영혼을 맑고 촉촉이 적셔 준다.

큰 폭포의 소리는 장시간 듣기에는 부적절하다. 나이아가라 폭포는 보기에 웅장하고 그 소리도 장엄하지만 잠깐 보고 듣기에는 좋으나 오래 들으면 싫증이 난다. 흐르는 개울가에 앉아 손발을 맑고 시원한 물에 담가 콧노래를 부르면서 흐르는 맑은 물소리에 세속 번뇌를 씻으면 몸도 마음도 선경仙境에서 휴식을 취한다. 아마 이런 즐거움을 체험했던 추억이 사람마다 있으리라. 물소리는 메마른 마음을 촉촉이 적셔 주는 하늘이 내린 좋은 선물이다. 그렇다고 모두가 다 들을 수 있는 게 아니다. 마음을 청정하게 하고 들을 준비가 되어 있는 사람만이 듣고 느끼는 행운을 가질 수 있다.

아침 식사 후에 따뜻한 녹차의 향기를 음미하며 거실의 소파에 기대어 졸졸졸 흐르는 물의 노래를 듣는다. 그 속삭임을, 그 청아함을 듣는다. 이 폭포는 높이는 기껏 2미터에 미치지 못 하나, 물이 돌 위에서 뛰어내려 자갈 위에서 부서지며 가냘픈 노래를 부르기 시작한다. 다시 하나 되어 푸른 이끼가 자란 넓은 돌의 울퉁불퉁한 등을 타서 애교 어린 소리로 속삭이면서 내려온다. 그리고 50센티 높이의 절벽을 철철철 소리 높여 뛰어내리고 풀 사이로 기어 나와 윤심지의 반반한 물과 노래로써 해후한다. 그 과정에서 앞서 간 물을 따라 뒤에 오는 물도 맑은 노래를 쉴 새 없이 연이어 부른다. 앞서거니 뒤서거니 흐를 때는 쉼 없이 부르던 맑은 노래가 끊기는 것은 마침내 흐르던 물이 잔잔한 윤심지의 품속에 안기면서다.

기울어지면 움직이고 소리를 내며, 평형을 이루면 침묵한다. 세상 이치가 이와 같다. 물처럼 평형을 이루기가 용이한 게 아니다.

인간 사회도 물과 같아서 기울어지면 소리 내어 흐른다. 경사가 급하면 벽력같은 소리를 지르며 흐른다. 높은 절벽을 만나면 포효하며 뛰어내린다. 앞을 가로막는 장애물은 사정없이 휩쓸고 흘러간다. 그러므로 우리 사회는 경사가 급해지면 안된다. 경사를 완만하게 조절하여 흐르는 물소리를 부드럽고 아름답게 해야 한다.

윤심지의 물소리는 언제나 맑다. 물보라나 물안개도 없고, 장엄하지도 않으며 목소리가 우렁차지도 않고 장쾌하지도 위협적이지도 않다. 눈과 귀를 놀라게 하지도 않는다. 서귀포 천지연폭포조차 옆에서 폭포 소리를 오래 들으면 귀가 멍하고 싫증이 난다. 하지만 개울물소리는 언제 들어도 친근감이 있고 감미롭다. 마음을 선경仙境에서 편히 쉬게 한다.

청일원의 물소리를 들으면 생각나는 게 있다.

모든 것은 과한 것보다 좀 모자란 것이 좋은 것 같다. 약간 아쉬움이 있는 것. 그래서 동양 사람들은 꽉 찬 수인 '10'보다 하나 모자란 '9'를 좋아한다.

아침마다 이 물소리를 들으면서 인간 사회가 개울물과 같이 맑은 소리를 내며 흘러가기를 소망해 본다. 인간사회도 편차가 너무 벌어져서 심하게 기울어지면 급경사를 흐르는 물처럼 굉음轟音을 내며 요동칠 것이요, 때로는 홍수가 되어 둑을 무너뜨릴 수도 있을 것이다. 그러므로 흐르는 물의 수위水位 조절에 게으르지 말아야 한다. 수위를 조절하는 게 용이한 일이 아니다. 혹자는 댐의 문을 몰래 열어놓으려 하는가 하면, 강둑에 몰래 구멍을 내려 하기 때문이다. 전체가 조화를 이루면 맑은 소리를 내면서 천천히 흐르게 된다. 지속적으로 수평을 유지하면 마침내 물은 탁해져서 균과 벌레가 번식하여 우글거릴 것이다. 그러므로 물은 완만한 경사를 이루어 연속적으로 천천히 흐르는 것이 좋다고 할 수 있다.

그러나 수위를 조절하는 게 결코 쉬운 일이 아니다. 물이 수평을 이루어 잔잔하다고 안심할 수만도 없다. 폭우와 태풍이 언제 닥칠지 알 수 없기 때문이다. 폭우와 태풍을 대비하여 일기 예보에 귀를 기울이고, 항상 배수 펌프를 점검하고 대비에 만전을 기해야 한다.

요즈음 대기업과 중소기업의 상생 방법을 놓고 고민하는 뉴스를 접하고, 물소리에서 문득 상생의 이치를 생각하게 된다.

나는 물소리를 들으면서 우리 인간 사회도 언제나 맑은 소리를 내면서 졸졸 흘러가기를 희망하고 있으나, 선거가 거듭될수록 정치인인, 풍백우사風伯雨師가 미쳐 날뛰며 불안을 가중시킨다. 조심할 일이다.

(2015)

아침 운동

우리 부부는 아침 5시면 일어나서 부지런히 준비하고 5시 10분에 현관문을 나선다. 20년 전부터 일관되게 습관적으로 계속해 온 덕분에 아침운동을 안 하면 온몸이 근질근질하기도 하고. 좀이 쑤시기도 한다. 그래서 이제는 몸이 좀처럼 아침 운동과 떨어질 수 없게 되었다. 아침 운동을 하면서 서로 격려하며 열심히 다닌다. 한 사람이 게으름을 피우려 해도 한 사람이 가자고 조르면 같이 가게 된다.

방 밖에 나와 시원한 공기를 마시는 순간 늙은 몸도 기운을 얻는다. 의욕과 열정은 아직도 시들지 않았다. 아내와 둘이 아침운동을 즐기는 것이 우리 부부의 큰 행복이다. 남주봉 군부대 정문부터는 더욱 아름다운 운동 코스다, 자연이 주는 많은 혜택에 늘 감사하며 다닌다. 감사하는 마음 따라 행복이 몰래 가슴 가득 스며든다.

나는 습관적으로 천자문을 읽으면서 산책하는 버릇이 생겼다. 나이가 많으면 기억력이 감퇴한다. 이를 보충하는 데 보탬이 되는 것 같다. 하지만 기억력은 최하다.

길섶에는 장대한 송림이 하늘을 떠받혀 도열해 있다. 정말 장관壯觀이다. 길가에는 이름 모를 풀들이 꽃을 들거나 열매를 들고 환영한다. 이 또한 아기자기한 분위기다. 말로 다 표현 할 수 없는 절경이다. 이 길에서만 느낄 수 있는 아름다움이다. 동양의 옛 선비들은 그래서 송백을 사랑했던 것이다. 자잘한 꽃들의 아름다움은 이에 견줄 수가 없다.

어떤 사람이 감탄하여 말한다. "이 길은 정신을 수양함에 천하 제일로天下 第 一路다."라고. 사실 사계절 녹음방초綠陰芳草의 아름다운 서비스는 여행객의 마음을 즐겁게 한다.

봄에는 형형색색의 꽃 잔치요. 여름에는 시원한 그늘을, 가을에는 아름다운 단풍과 여러 가지 초목의 열매를, 겨울에는 하얀 눈으로 장식하여 사계절四季節 내방한 손님의 마음을 사로잡는다. 운동시설도 잘되어 하고 싶은 운동을 마음대로 할 수 있다.

전에는 한라수목원 운동장까지 왕복 10킬로의 거리를 걸어서 다니다가 지금은 나이 핑계로 군부대 정문까지 차의 도움을 빌리고 있다. 군부대 정문 앞에서 차를 내리고 경사로 70여 미터를 뒷걸음으로 올라간다. 체험자들이 말하기를 뒷걸음이 무릎 관절을 튼튼히 하는 데 도움이 된다고 권한다. 한 걸음 한 걸음이 행복의 걸음이다. 이 경사로를 뒷걸음으로 올라가는 사람도 우리 부부와 친구 한 분뿐이다.

우리 부부는 아침 운동을 할 때는 자질구레한 신경 쓰이는 이야기는 하지 않기로 약속했다. 즐거운 이야기만 선택해서 한다. 이 좋은 아침을 답답하고 괴로운 이야기로 자신을 슬프게 해서는 안된다. 보폭을 넓히고 어깨를 흔들면서 즐거운 마음으로 경쾌하게 걸어간다. 내가 팔십 중반까지 큰 탈 없이 건강하게 아침운동을 다닐 수 있는 게 부모님의 주신 음덕이다. 어찌 감사한 마음을 잊을 수 있으랴.

행복한 아침을 만드는 것도 자기 자신이다. 행복해지려면 스스로 행복을 만들어야 한다. 친구들과 만나면 반가운 웃음소리로 아침 공기를 흔든다. 나는 생각한다. 욕심을 줄이고 만족함을 가슴 가득 품자. 얼마나 행복한 아침인가! 이렇게 생각하면 행복이 배로 커진다.

옛 글에도 〈양심막선어과욕養心莫善於寡慾: 심성心性을 수양하는 데는 욕심을 적게 갖는 것보다 더 좋은 게 없다.〉라 했다.

우리의 아침운동 식구는 15명이다. 모두 별명이 있다. 키 큰 젊은이는 꺽다리, 사뿐사뿐 잘 걷는 여자는 사뿐이, 엉덩이가 몽실몽실 예쁘게 걷는 여자는 몽실이다. 음악방송 주인공은 방송국장. 김 사장. 고 사장. 키 큰 문 씨는 큰 문. 키 작은 문 씨는 작은 문. 그리고 나이 많은 나는 늙은 청년 등등, 나는 제일 고령이다. 나의 다음이 아홉 살 연하다. 내가 운동을 잘하면 모든 식구들에게 용기와 의욕을 선사하게 된다.

'나도 저 하르방처럼 열심히 하겠다.'고 결심을 하게 할 터이니까.

운동기구가 있는 곳에서 나는 도수체조를 한다. 목운동 팔운동·가슴운동·옆구리운동·허리운동·몸통운동·제자리 뛰기·호흡운동 등, 한 종목 50회씩 한다. 그리고 기구운동을 한다. 윗몸 일으키기·몸통 굴리기·팔 굽혀 펴기·다리 문지르기·오금 늘리기·어깨와 팔 문지르기 등 운동을 하고 나면 몸이 가뿐하고 나이를 잊는다. 다실로 내려오다가 잔디광장을 한 바퀴 달린다.

우리 팀은 차 자동판매기에서 차를 뽑아 마시며 환담을 하고 정보를 교환한다. 차 마시는 시간도 즐겁고 행복한 시간이다.

집에 도착하면 8시가 된다. 몸을 씻고 발을 높게 올려서 30분 정도 휴식을 취한다.

(2017)

거울

　나는 매일 아침 거울을 보면서 얼굴에 삐죽삐죽 자라는 보기 흉한 수염을 깎고 쭈글쭈글한 얼굴을 씻어서 로션을 바르고 빠지다 남은 흰 머리를 빗질하고 모양을 낸다. 옷을 입을 때도 거울 앞에서 넥타이를 바로잡고 옷매무시를 살펴본다. 그래서 거울은 외형을 비춰보고 자신의 외모를 손질하는 데는 없어서는 안될 일상생활의 반려자伴侶者이다.

　거울의 가장 행복한 곳은 여성들의 핸드백 속이다. 그 어여쁜 얼굴을 자주 품을 수 있으니 얼마나 좋을까? 그리고 그 예쁜 손으로 자주 어루만져 주니 거울도 몸이 근질근질 할 것이다. 나의 방에 있는 거울은 너무 불쌍하다. 매일 나의 험한 늙은 얼굴만 비추니 미안한 생각이 든다. 하지만 거울은 정직하다. 조금도 더 보태거나 덜지도 않고 정확하게 비춰준다.

　우리에게 만약 거울이 없다면 자신의 얼굴에 물감이 묻어 있어도 모를 뿐 아니라 자신의 얼굴 모습조차 정확히 모를 것이니 현대인에게 거울 없는 생활은 상상할 수 없다.

그런데 얼굴이 잘생기고 몸매가 잘 빠진 시쳇말로 얼짱 몸
짱들은 자신의 외형을 거울에 비춰보면서 자랑스럽겠지만 얼
굴이 남보다 떨어지고 몸매도 잘 빠지지 못한 사람은 열등감을
느끼는 게 사실이다. 그래서 부모가 주신 얼굴을 리모델링 하여
아름답게 고치는 것이 보편화되어 가고 있는 실정이다. 이렇게
외모를 중시하여 지극 정성을 기우려 아름답게 꾸미는 것을 나
무랄 수만도 없다.

사실 마음은 형상이 없어 볼 수 없다. 하지만 외형을 보고 예
쁘면 좋은 점수를 받고 직장도 얻고, 수입을 많이 올릴 수 있음
은 물론, 좋은 혼처도 생기니 남녀 가릴 것 없이 예쁘다는 것이
얼마나 득이 되는지는 두 말할 나위가 없다.

그런데 사람은 겉으로 보이는 육체만으로 구성되어 있는 존
재가 아니다. 또한 당당한 풍채나 아름다운 외모가 국태민안을
가져다주는 데 도움이 되는 것도 아니다. 역사를 돌아 보건대
절세미인이 나라에 평화와 부를 가져온 사례가 없으니 단순히
미모를 찬양만 할 수만도 없다. 예부터 뛰어난 미인을 경국지색
傾國之色이라 했으니, 이는 오히려 두려운 존재로 본 것이다. 나
라뿐 아니라 가정을 망치는 데도, 그 아름다움이 한 몫을 하는
예를 볼 수 있으니 미인을 찬미할 수만도 없는 것 아니겠는가.
물론 외모와 마음이 다 아름답다면 얼마나 좋을까만.

사람은 눈에 보이는 육체와 보이지 않는 마음으로 구성되어

있어, 마음은 보이지 않으나 뜻을 세우고 사리판단의 기준을 정립하여 매사를 그 기준에 따라 판단하며 형체 있는 육체를 마음대로 부린다. 만약 마음이 학문에 뜻을 두면 육체는 책상 앞에 앉아 마음이 시키는 대로 손은 책장을 넘기며 눈은 문자를 응시하고 입은 소리 내어 읽을 것이다. 그러므로 육체는 마음의 종이라고 할 수 있다.

사실 마음은 사람의 품격을 결정하는 주체다. 인격을 말할 때는 그 사람의 마음의 어질고 도량의 넓고 지혜로움을 말하게 된다. 지혜로운 사람은 성현聖賢이 정성을 기울여 만든 마음의 거울을 자주 들여다보면서 마음을 바로잡는 데 힘쓴다. 그러므로 우리는 마음의 거울을 자주 보면서 마음을 예쁘게 손질하는 데 시간과 돈과 정성을 더 많이 투자해야 하지 않겠는가?

육체에서 마음이 떠나버리면 식물인간이 되거나 사망에 이른다. 아무리 영웅호걸이라도 다를 바 없다. 또한 마음을 담는 그릇인 육체가 수명이 다 되면 깨어진 그릇에 물이 없어지듯 마음도 사라진다. 그러므로 마음과 육체는 같이 소중하다.

하지만 마음은 형상이 없어 보이지 않으니 식별할 수 없는 것이 문제다. 그래도 그 사람의 언행을 보고 마음을 짐작할 수는 있다. 하지만 교활한 사람은 감쪽같이 본심을 숨기고 위장하기 때문에 그 사람의 진심을 알려면 많은 시간이 소요되거나 아주 모를 수도 있다.

현실은 위장술이 뛰어난 위선자가 점점 득세得勢하는 세상이 되어 가는 것 같아 실망스럽다.

자기 꾀에 속는다는 말이 있지만 자기의 마음은 스스로 안다. 그런 까닭에 모든 사람은 자기의 마음을 스스로 다스릴 수가 있다. 천자문에 "경행유현景行維賢 극념작성剋念作聖"이라 했다. 스스로 마음을 다스리는 것을 수양修養, 수신修身, 또는 극기克己라고 한다. 마음을 다스리는 데도 객관적인 기준이 될 거울이 있어야 하지 않겠는가? 그래야 거기에 우리의 마음을 비쳐 비교해 볼 수 있을 터이니까.

옛 성현은 이런 점을 감안하여 사람들이 자기의 마음을 비춰 볼 수 있는 거울을 만드는 데 많은 노력을 기울였다. 미인을 선발하는 데도 일정한 기준이 있는 것처럼 마음의 선善 불선不善을 식별하는 데도 비쳐 볼 거울이 있어야 한다.

옛 성현의 마음을 평가하는 거울을 소개하면

부처님께서 주신 "전미개오轉迷開悟하여 성불득탈成佛得脫하라"는 거울은 너무 높이 걸려 있어 나의 눈높이로는 잘 보이지 않으므로 엄두가 안 나서 더 길게 말할 수 없다.

공자님이 마련한 거울을 소개하면 다음과 같다.

첫째: 남을 사랑하는가?(仁),

둘째: 의리를 중히 여기는가?(義),

셋째: 예절이 바르고 사양지심이 있는가?(禮),

넷째: 사리를 분별하여 옳은 것은 옳다 그른 것은 그르다고
하는가?(智),

다섯째: 신의를 지키는가?(信)

이렇게 다섯 개의 거울을 준비하셨다. 그래서 그 거울을 들여
다보며 마음의 구겨진 부분이나 비뚤어진 부분을 바로잡고 묻
은 먼지를 털어내길 소망하였다. 마치 성형수술을 하여 외모를
아름답게 디자인하는 것과 같이 모두가 마음을 성형하기를 바
랐던 것이다.

쇠세衰世여서인지 현대인들은 유리거울만을 들여다보니 걱정
이다.

(2016)

막내의 취업선물

　요즈음 자식을 키우는 부모의 심정은 대부분 불안과 초조의 연속이라 해도 지나친 말은 아니다. 자식의 머리가 우수하여 학업 성적이 만인 위에 우뚝 뛰어난다면 걱정이 없겠으나. 그런 자식을 가진 사람은 백 사람 가운데 한 사람 정도일 터이다. 자식에게 우수한 머리를 주고 싶지 않은 부모가 세상에 어디 있으랴만, 정말 이것만은 마음대로 안되는 일이다.

　막내 녀석이 학교 성적은 뛰어난 편이 못 되나 건강하고 마음이 순하여 말썽 없이 학교생활을 해 주는 것만으로 자위하고 있었다.

　덩치가 크고 발과 손이 남달리 길고 넓어서 신발을 구하는 데 애를 먹기는 하였으나 그것은 그 애의 잘못이 아니다. 막내는 부모가 낳아 준 대로 성장할 뿐 자신이 신장이며 손발의 크기와 머리의 우열을 조절할 능력을 갖고 있지 않다.

　부모 또한 이상적인 체격과 능력을 조절하여 낳을 능력이 없는 터라 아쉽지만 자식이 건강하게 자라 주는 것으로 만족해야 했다. 그 외에는 아무런 뾰족한 수단이 없는 것이 운명인가 싶다.

이 녀석은 어렸을 때부터 무엇이든 고치는 데는 도사다. 그래서 지방대학 이공계를 지망하여 합격하였다. 지방대학 출신은 취업이 어렵다지만 뛰어난 머리를 주지 못한 부모의 입장은 속을 태울 뿐이었다. 하지만 부모의 걱정하는 말에 이 녀석은 "걱정 마세요."라고 무덤덤한 반응만 보인다. 정말 소갈머리가 있는 놈인지 모르겠다.

그러던 녀석이 어느 날,

"대학 휴학했습니다."고 아주 심드렁하게 말을 꺼냈다.

우리 내외는 너무 놀라 서로 얼굴만 쳐다보았다. 공부는 뛰어나지 못했으나 부모의 속을 썩인 일을 한 기억이 없는데, 부모와 상의도 없이 일을 저지르고 만 것이다.

"부모와 상의도 없이 그런 중대한 결정을 하다니, 그럼 앞으로 어떻게 할 테냐?"고 반문하면서도, 지금까지 얌전한 것으로만 알고 있던 나는 한편으로는 '이 녀석이 제법 결단력도 있구나' 하는 생각을 하게 되었다.

"지방대학 나와도 취업이 안될 건 불을 보듯 뻔한데 무엇 때문에 학교에 다닙니까? 모 공대 나오면 대한항공에 취업이 된답니다. 모 공대 다닐 생각입니다. 취업이 되면 장래 문제는 그때 가서 다시 생각하겠습니다."

제법 어른스럽고 생각이 깊은 듯하였다. 별다른 대책이 없는 부모로서는 자식의 주장을 승낙하는 수밖에 딴 도리가 없었다.

그 후 모 공대에 합격하여 2년 과정을 마치고 졸업을 하는데, 졸업식 날에 우리 부부는 고운 옷을 입고 아들의 졸업식에 참석하러 학교엘 갔다. 그런데 학교 분위기가 이상했다. 졸업식은 하지도 않고, 학생들끼리 가운을 입고 사진을 찍고 있었다.

"졸업식은 몇 시에 하느냐?"고 물으니

"졸업식은 없습니다."

"그래도 제주에서 여기까지 왔으니, 교수님을 만나서 고맙다는 인사는 해야 할 것 아니냐?"

"필요 없습니다. 하지 마십시오."

아무리 전문대라지만 이게 교육하는 곳인가! 한심스러웠다. 이렇게까지 사제 간에 간극이 벌어진 것일까? 제자는 스승의 그림자도 밟지 않는다는데.

그 공대를 졸업하고 대한항공에 취업이 안되었다. 그 공대 선배가 대한항공 노조 간부를 하면서 매우 모질게 경영진을 괴롭힌 것이다. 그 해 대한항공에서는 그 학교 출신은 모두 불합격시켰다 한다. 이 녀석이 다시 4년제 대학교에 편입하겠다 는 것이다. 다시 승낙할 수밖에 없었다. 2년 후 대학교를 졸업하고, "대기업에 응시하여 필기에 합격하고, 1, 2차 면접에도 합격했습니다."라고 좋아 하더니, 3차 면접에서 미끄러졌다는 전화를 받은 나는 또 다시 망연자실하였다. "그럼 어떻게 할 테냐?"고 묻는 말에 "대학원에 가겠습니다."라는 대답이다. 아비 나이가 얼만데 빨리 취업하고 장가갈 생각은 않고 공부냐고 야단을 치니, "대학원에는 연구비가 나오므로 별로 돈이 필요 없습니다. 알아서 할 터이니 너무 걱정 마십시오."라는 것이다. 대학원 재학 중에 장가를 보내니 며느리가 서울 회사에 다니면서 경제문제는 해결이 되었다. 졸업 전에 임신을 하였다는 희소식을 들었다. 그리고 논문 발표하러 부산, 전주, 중국 등에 간다는 전화가 걸려오기도 하였다. 중국의 어느 대학에 발표하러 간다고 하더니, 석사논문 책자를 보내왔다. 논문은 영문과 국문, 그래프로 복잡하게 얽혀 있어, 나는 보아도 모르니 보나마나 했다.

"이왕이면 박사과정을 마쳐라."라고 하니, "박사들이 저만도 못합니다. 거의가 엉터리입니다."라는 것이다.

대학원 졸업과 동시에 마침 롯데그룹 입사시험에 합격하여 취업을 하였다.

이제 큰 짐을 벗었다고 마음을 놓고 있는데, 경사는 덩달아 일어났다. 달덩이 같은 아들을 낳아서 생후 80일 된 놈을 선물로 안겨 주었다. 그리고 아비 어미는 서울로 훌쩍 가 버리니 우리 두 늙은이의 그 선물 관리 노역은 그칠 시간이 없었다. 그러나 손자의 웃는 얼굴에 취하여 즐거움으로 살아가고 있다. 선물 중에는 최고의 선물이라 느껴진다.

세월은 흘러 선물이 태어난 지 열 달이 된, 어느 날 스스로 일어서는 것이 아닌가. 어느 날은 혼자 계단을 올라 이층에 가서 나의 책을 산산이 흩어 놓았다. 나는 겁에 질렸다. 이 녀석이 계단에서 구르기라도 하는 날에는 큰일이 아닌가. 하지만 이 녀석이 제법 머리가 명석하여 환경에 잘 적응하는 사실을 알게 되었다. 2층에서 내려올 때는 손사래를 치며 나의 도움을 극구 거절하고 저대로 내려온다. 옆에서 보니 2층 마룻바닥에 납작 엎드려서 뒤로 미적미적 후퇴하여 계단에 이르자 한 발 한 발 뒷걸음으로 조심해서 계단을 내려오는 것이 아닌가. 그러면서 흘긋 나를 쳐다보고 생긋 웃는 폼이 자신 있음을 과시하는 눈치다. 이런 과정은 가르쳐 주어도 어려운데 어떻게 뒷걸음으로 계단을 내려올 생각을 했는지, 그 의문은 지금도 풀리지 않고 있다. 그로부터 마음 내키면 홀로 2층을 마음대로 올라 다니면서도 한 번도 실수가 없었다. 요즈음에는 걷고 뛰기를 예사로이 한다. 이제 삼일 후면 돌이다. 오늘은 선물과 함께 방에서 공을 차며 놀았다. 재미 만점이었다.

(2009)

할머니의 제사

할머니 기제를 차렸다. 할머니와의 추억이 많으나 할머니와 단 둘이 할머니 댁 정지鼎地에 보릿짚을 깔고 앉아 밥 먹던 추억이 너무도 뚜렷하다.

"나 강생이, 이래 오랑 밥 먹으라."

귀엽다는 뜻을 강아지와 비유해서 말씀하셨다는 것을 그 당시부터 알았다. 나는 할머니 곁에 쭈그리고 앉았다.

오랜 연륜이 쌓인 투박하고 검은 남박(나무로 만든 그릇)에 푸석푸석 마른 조밥. 백자 보시에 할머니 손수 담근 해묵은 간장, 그리고 마늘장아찌가 전부다. 할머니와 단 둘이 앉아서 밥을 먹는다.

할머니 입술은 쪼글쪼글 쪼그라들고 손은 농사일로 거칠고 투박해지셨다. 앞니도 더러 빠져서 엉성하게 틈이 생겼다.

나는 조밥을 한 숟가락 가득 입에 넣고, 간장을 떠서 먹었다.

할머니께서 말씀하신다.

"간장은 그렇게 떠서 먹는 게 아니여, 요렇게 숟가락 끝으로 찍어서 먹는 거여." 시범을 보이시면서 말씀하셨다.

나는 할머니가 시키는 대로 간장을 꼭꼭 찍어 먹으면서 할머니와 같이 점심을 맛있게 먹었다. 그 추억이 고스란히 나의 가슴에 남아서 할아버지 할머니가 더욱 그리워진다. 할머니를 생각할 때는 언제나 다섯 살 어린이가 된다.

사실 간장을 담글 때나 김치를 담글 때는 1년 치를 예측해서 담근다. 예측이 맞지 않을 경우는 거의 없다. 늘 가늠하면서 아껴 먹기 때문이다. 낭비를 해서는 살 수 없던 시절이었다. 당시는 시장이 없어 자급자족하지 않으면 살 수 없었다. 예측이 빗나가서 간장이나 된장을 빌리러 다니면 살림 못 사는 사람으로 낙인이 찍혀 비웃음의 대상이 된다.

어느 날 동네 아주머니가 보리쌀을 팔아달라고 할머니 댁에 오셨다.

"몇 되나 살거라?"

"두 되만 줍서."

할머니는 보리쌀이 든 바른 바구니를 들고 나오셨다.

할머니는 됫박에 보리쌀을 가득 채우셨다. 그리고 그 위에 보리쌀 한 줌을 더 주신다. 이렇게 두 되를 주셨다.

"돈은 이번 장날 도새기 새끼 팔아서 드리쿠다." 아주머니의 말에 "기영허여" 아주머니는 "고맙수다" 꾸벅 인사를 하고 가신다.

어린 나는 이 거래는 할머니가 손해를 보는 거래라는 생각이 들었다.

"할머니, 무사 두 줌씩이나 더 줍디가? 기영하면 손해 아니우
까?"

"이 할미의 말을 잘 들으라. 기영 배풀어사 자손들이 잘됐뎅
하느네."

할머니는 평소에 절약하시면서도 후손들의 장래를 위하여
그렇게 적선을 하셨다. 나의 할머니는 학교의 교육을 받은 일이
없으시고 문자도 모르셨다. 하지만 마음은 참으로 아름다우신
분이셨다. 오늘날 대학원을 나오고 그 많은 지식을 온몸에 가득
쓸어 모은 사람들의 마음은 어떨까? 돈, 이기주의, 잔꾀가 가득
하여 남을 이용하여 이득을 취하려 한다. 모든 지식은 이익을
추구하는 수단으로 이용한다. 할머니의 고운 마음씨는 어디서
얻은 것일까? 자꾸 할머니 생각을 하면서 자신을 돌아보게 된
다. 나는 할머니보다 많은 지식을 머릿속에 쌓았으나 마음 쓰는
것은 할머니를 도저히 미치지 못하여 부끄럽다.

당시의 삶은 지금에 비하면 진짜 원시의 삶이나 다름 없었다.
보릿대로 불을 때어 밥을 짓고, 식사는 보리나 조밥이고 부식은
간장 된장 마늘짱아지가 고작이었다. 그런데도 누구의 도움도
안 받고 열심히, 깨끗이 정직하게 남에게 베풀면서 사셨다. 가
끔 할아버님 할머님의 그 고운 마음을 생각하면서 스스로를 반
성하게 된다.

그렇게 순수한 인간성을 지금은 볼 수가 없다. 나도 지금은 80이 된 노인이다. 옛날과 오늘, 지식인과 순박한 자연인 모두가 장단점이 있으나, 나는 옛 사람에게서 더 순수한 인간의 아름다운 모습을 찾을 수 있었다.

나의 뿌리이신 할아버지 할머니의 영전에 명복을 빌며 이 글을 바친다.

(2010)

2부

2010년 10월 중국 태안시 문화관 입구에 걸렸던 작품 사진이다.
한중예술작품 교류전에서 書藝作品은 한국 측 대표 작품인 나의 작품이고,
그림 작품은 中國 측 대표 작품이다. 나는 이 작품으로 인하여 중국 예술지
羲之書畵報 1면 전면과 5면 전면에 나의 작품 20여 점이 揭載되었었다.

어느 날의 일기
- 중국서화 대가와 함께

어제 한곬 현 병찬 書伯에게서 전화가 걸려왔다. "중국의 서화대가書畵大家들이 대거 내도來島 하니, 내일 오전 10시까지 웰컴쎈터에 나오세요."라고 한다.

중국 서화가書畵家들이 제주도에 온다면 이런 좋은 기회에 제주도의 서화가書畵家도 참석해서 같이 작품도 하고 대화를 하면서 우정을 나누어야 자연스러운 교류交流가 되고 우정友情이 도탑게 될 것인데, 그래야 교류하는 뜻에도 맞고, 자연스러운 문화교류가 될 것이다. 얼마나 좋은 기회인가.

중국의 정치인들이야 북한을 두둔하면서 우리를 희롱하는 이중적二重的 태도를 보이고 있지만 문화교류를 통하여 양국 간의 거리를 좁히면 이를 극복할 수 있을 것이라 생각된다. TV를 볼 때는 중국인을 미워하면서도 이들 이웃과 선린관계善隣關係를 맺고 살아가야 하는 숙명을 피할 수 없고, 사람들이 서로 정의情誼를 맺는 것은 생을 영위하는 데 중요하고 아름다운 일이 아니겠는가. 행사에 참석하기로 했다.

사실 지난 8월에 중국 태안에서 열리는 한중교류전에 참가하여 중국서도가들의 분에 넘치는 호의好誼와 대접을 받은 것을 생각하면 문화 예술인들이 교류는 자주 있어야 할 행사라 생각한다. 사실 나는 우리나라 서단의 위상을 중국에 떨치게 한 공로자다.

내가 쓴 천자문 10권을 차에 싣고 시계가 10시를 가리키기 전에 웰컴센터에 갔다.

중국 작가들이 언제나 그러하듯 큰 작품을 자랑스럽게 벽에 걸어 놓고 행사 개막을 기다리고 있었다. 개막식이 끝나고 상호 인사 교환을 하고 나서, 작품을 제작하는데 중국 작가들은 대단한 자부심을 가지고 자랑스럽게 그림을 그리고 글씨를 쓰기 시작한다. 아마도 제주도에는 훌륭한 서화가가 없을 것이란 선입견을 가지고 있었던 것 같다. 그리고 제주도 작가는 주인인 데도 한쪽 구석에 테이블 하나를 놓고 초라하게 서 있었다. 분위기는 서먹하고 제주도 작가는 초라해졌다. 나의 생각은 중국작가와 제주도 작가가 같이 어울려서 재미있게 작품을 제작하는 것이 좋을 것 같았다.

통역을 불렀다. "내가 중국 작가와 같이 작품을 할 수 있도록 주선해 달라."고 해서 중국 작가와 같은 테이블에서 서로 권하면서 작품을 쓰니 분위기가 화기 넘치게 되었다.

중국 작가들은 운필법에 대한 바른 이해가 부족하면서도 재미있는 형태를 만드는 데는 재주가 있었다. 그들의 권유에 따라 나는 붓을 잡고 지성감천至誠感天 · 심여수心如水 · 사란사형似蘭斯馨 · 여송지성如松之盛 등 생각나는 대로 휘호하였다. 나의 휘호는 속필이다. 휘갈겨 행초서로 썼다. 그런데 중국 작가들은 작품은 하지 않고 나의 휘호揮毫 모습을 보러 모여든다. 그래서 내가 휘호할 때마다 엄지손가락을 세우면서 남버 원이라고 한다. 나는 그들에게 천자문을 나누어 주었다. 화가는 제외하고 서가에게만 주었다. 오후 4시가 되자 회장인 기회창紀懷昌이 나를 안내해서 모든 작품 앞에서 작가와 나를 나란히 세우고 사진을 촬영하도록 배려를 한다. 특별대우란다. 나는 그들의 호의에 보답하기 위해 나의 희수전작품집喜壽展作品集을 한 권씩 나누어 주니 너무 좋아한다. 북경에 오라고 신신 당부하나 갈 수가 있을지 아직은 미지수다. 가서 그들과 만나고 싶다. 문화를 통하여 쌓은 우정은 순수하다.

나는 중국 측에 제의하였다. "우리는 정치인들처럼 정치적 이해에 얽매이지 말고 초월해서 인간 대 인간으로 격의 없이 지내면서 평화에 먼저 진일보 합시다."라고 하자 그들도 박수를 치면서 모든 것을 초월하자고 화답한다.

오래 전에 제주도 문화 담당국장에게 "외국 손님이 오면 감

굘만 선물할 게 아니라 문화 작품을 선물하는 게 좋을 것입니
다. 필요하면 나의 작품집 백 권을 드리겠습니다."라고 조언한
바 있으나 그 후 아무 소식이 없다. 제주의 자연환경만 노래할
게 아니라 제주의 문화를 제주인의 창의력도 자랑할 필요가 있
다고 생각한다.

　행정하는 사람이 목에 힘을 빼고 문화에 대한 이해와 애정
있기를 바란다.

(2010. 12. 23)

전국휘호대회에서
한자부, 한글부 대상을 휩쓸다

　1986년 학교는 여름방학을 맞고 있었다. 여름방학이라 학생들이 서예 공부에 한층 더 열을 올리고 있었다.

　그런데 서울 서예교육협회 주최 학생 휘호대회에 참가 해달라는 안내문을 받았다. 나는 서울의 서예 실정에는 까막눈이었다. 서울의 실정을 들여다보는 데는 이번이 좋은 기회라 생각했다. 서예학원을 운영한 지는 2년째이지만, 서예의 전국 수준을 알 길이 없었다. 대회에 참가하여 직접 겨루어 보는 것보다 더 확실한 방법이 없으리라 생각했다.

　학생 중에서 문상돈文祥敦과 현대진玄大振이 제일 잘 쓴다. 이 두 학생을 데리고 상경하였다.

　김포공항에 내려서 택시로 서울 경기고등학교에 도착하였다. 학교의 규모도 대단하지만 대강당도 촌놈의 눈에는 의외로 넓었다. 전국에서 운집한 학생과 이를 따라 온 부형이며 인솔 교사들로 학교 운동장이 사람으로 가득하여 북적대고 긴장된 분위기다.

시골에서 처음 상경한 나는 아는 사람이라고는 아무도 없었다. 게다가 이런 대회에 처음 참석한 나는 이 많은 학생들이 어떻게 휘호를 할 것인지 궁금히 여기며 어슬렁거리고 있었다.

시간이 되자 주최 측의 진행에 따라 휘호는 질서 있게 조용히 진행되었다. 학생들은 열심히 쓰고 학부모와 지도교사는 긴장된 마음으로 조용히 기다린다. 이때 어떤 50대 중반쯤 된 남자가 휘호장을 열심히 살피며 돌아다닌다. 나는 그 사람을 주시하고 있었다. 그는 한참 휘호장을 돌아다니다가 어떤 학생의 작품을 번쩍 들어 올리고 큰 소리로 "한자부 대상 현대진"이라 외친다. 그는 심사위원이었다. 나는 나의 귀를 의심하였다. 입선만 해도 자랑스러운데 대상이라니. 다음 우수상 2점을 선발하고 그분은 퇴장한다. 이번은 나이가 좀 더 들어 보이는 사람이 "한글 심사 결과를 발표하겠습니다."라고 외치면서 작품을 높이 들어 올리면서 "한글 대상 문상돈"이라고 외친다.

전국학생휘호대회에서 나의 제자 학생이 한문 · 한글 대상을 모두 차지하는 기막힌 순간이다. 나는 꿈을 꾸는 기분이었다. 이를 계기로 서예 지도에 더욱 자신감을 갖게 되었다.

이때 비로소 한문 심사위원인 죽봉 황성현竹峰 黃晟現과, 한글 심사위원인 상보 안근준象步 安根濬을 알게 되어 지금까지 교유하고 있다.

하지만 현대진은 아직 소식이 없고, 문상돈은 연세대학을 졸업하고 직장에 다니다가 제주에 내려왔다면서 찾아 왔었는데 그 후 소식이 두절되었다.

지금은 그들이 어디서 무엇을 하는지 알 길이 없고 서예계도 많이 타락하여 당시와 같은 열기는 회복할 수 없게 되었다.

그 제자들이 보고 싶다. 지금은 50대 중반일 터인데.

갑자인상甲子人賞 수상 유감

2017년 6월 23일 오후, 2층 서실에서 서예 작품을 쓰는 데 푹 빠져 있었다. 핸드폰에 신호가 울린다. 갑자서회甲子書會 회장의 전화다. "회장님, 수고가 많으시지요. 전시 준비에 바쁘실 터인데 무슨 긴급한 일이라도 있습니까?"

"아닙니다. 전시 준비는 덕택에 잘 되어 가고 있습니다. 전시 개막일 7월 1일 날은 선생님이 꼭 참석해 주십시오. 선생님에게 드릴 갑자인상을 준비하였습니다."

"아무 것도 한 일이 없는데 무슨 상입니까? 공로 있는 분에게 드려야지요."

"선생님보다 더 공로 많은 분이 없습니다. 꼭 오셔야 합니다." 이렇게 전화는 끝이 났다.

작년에는 제주특별자치도 문화상 그리고 국제미술교류전에서 최고 작품상인 대상을 받았다. 나이 많은 사람이 상을 자주 받으니 젊은이들에게 미안한 생각이 든다. 나는 상에 대한 욕심이 간절하지 못한 편이다. 그런데도 상복은 있어, 거저 주는 상은 고마운 마음으로 받고 있다.

곰곰이 생각해 본다. 금년에 안 가고, 내년을 기약할 수 있겠는가? 자신할 수 없다. 내 나이가 85 년이다. 금년보다 내년은 활동이 더 어려울 것이다. 마지막이라 생각하고, 아픈 발이 고생스럽고 걸음이 불편하기는 하나 참석하자. 이렇게 결심하니 마음이 한결 편안하다. 항공기 탑승권은 서울의 며느리가 구입해 주었다. 발이 편한 운동화도 샀다. 간 김에 장난꾸러기 손자 녀석과 정을 나누어야겠다는 즐거운 꿈도 있어, 아내와 동행하기로 했다. 아내는 나의 건강을 염려해서 늘 동행한다. 아내가 동행하여 곁에서 잘 챙겨 주니 몸과 마음이 편하다. 잘 잊는 나의 기억력도 보완해 주고.

7월 1일 8시 30분 비행기를 탔다. 인사동 현대미술관 전시관은 작품과 관람객으로 붐비고 있었다. 갑자서회甲子書會는 공모전을 하는 단체가 아니다. 1984(甲子)년에 이문회우 이우보인以文會友 以友輔仁의 정신으로 창립한 기성 서예인 모임이다. 나는 10회 전시회부터 출품하고 가입했다. 당시는 존경하는 유달영 선생, 조 순 서울시장도 회원이었다. 그 사이 많은 선배 회원이 저 세상으로 가셨다.

갑자서회에서 상을 마련한 것은 갑자서회에 공로가 많고, 임기가 만료된 회장에게 공로와 위로의 뜻을 담아 수여하기 시작했다. 금년의 수상자 중 공로상은 고인故人이 된 원로 회원 서주 정광일西疇 鄭光溢 씨다. 나에게 주어진 갑자인상甲子人賞은 뜻밖의 상이다. 나는 행사에 잘 참석도 못 하고 전시회에 작품이나 겨우 출품하는 게으른 회원이다.

넓은 회관은 우리 회원과 내빈 관람객으로 초만원이다. 내빈 소개 다음 전시회 개전식이 시작되었다. 회장 인사 다음, 원로 회원 故 西疇 선생에 대한 공로상은 고인의 아들이 받았다. 다음은 나의 차례다. 회장은 상장을 읽어 간다.

〈갑자인 상, 라석 현민식 선생께서는 유학자로서 법고창신法古創新의 정신으로 60여 년 묵향 외길로 시詩 · 서書 · 화畵 삼절의 예술세계로 대한민국이 낳은 미증유未曾有의 세계적 서화가이며 위대한 예술인으로 우뚝 섰으며, 경존장敬尊長 애동배愛同輩의 기풍을 진작하고 본회 발전에 기여한 공로가 지대하므로 그 업적을 드높이 찬양하여 본회가 제정한 2017년 갑자인상을 드립니다. 2017년 7월 1일. 대한민국갑자서회 회장 조득승〉

상을 주면 받아 왔지만, 이 상은 그렇지가 않다. 〈시서화 삼절의 예술세계로 대한민국이 낳은 미증유의 세계적 서화가이며 위대한 예술인으로 우뚝 섰으며.〉의 구절의 무게 때문이다.

외국과의 서화 교류전에는 많이 출품했다. 출품 요청이 지극하기 때문이다. "중국, 일본 서예가들도 선생님 작품을 매우 좋아합니다. 꼭 출품 부탁합니다." 이렇게 간곡한 부탁을 하면 출품 안 할 수가 없다.

전에 중국예술지에 나의 작품을 1면 전면과 5면 전면에 실어주고 극찬을 한 바 있으나 그 당시도 마음에 부담을 크게 느끼지 않았다.

이렇게 나의 작품이 한국서단의 위상을 높이고 국위선양에 보탬이 된다는데 어찌 출품을 거절할 수 있겠는가. 원로元老의 대우를 받는 처지이기도 하다. 고마울 뿐이다. 가끔 외국과의 교류전에 동행하기도 한다. 아무튼 갑자인상의 "미증유의 세계적 서화가이며 위대한 예술인으로 우뚝 섰으며" 운운한 부분이 무거운 책임을 느끼게 한다. 사실 상을 받으면 기분이 좋은 것만은 아니다. 책임감이 마음을 무겁게 짓누르기도 하기 때문이다.

(2017)

광필狂筆 천자문을 쓰고

　요즈음 일기가 불순하여 겨울비가 때를 가리지 아니한다. 보슬보슬 한가로이 이슬비를 뿌리다가 돌변하여 폭우를 쏟아 붓기를 반복한다. 어린 시절 흰 눈이 산과 들을 하얗게 덮어 호기심을 사로잡았던 겨울과는 비교가 되지 않을 만치 시시한 겨울이다. 눈이 온 천지를 하얗게 덮고 칼바람이 몰아치던 당당한 옛 겨울이 그립다. 겨울은 눈이 펑펑 쏟아져서 온 천지를 하얗게 덮어야 참 겨울 맛이 난다. 눈은 안 내리고 비만 주룩주룩 오니 도무지 겨울 기분이 나지 아니한다. 일찍이 예방주사를 맞았는데도 불청객 감기가 침입하여 장난을 친다. 나이는 어쩔 수 없는가 보다.

　옛 겨울을 생각하다가 어제 배달된 전시회 작품집을 한 장 한 장 넘기면서 살펴보았다. 요즘 서도 작품은 어린이의 그림 같기도 하고 글씨 같기도 하여 그 내용도 모르거니와 우열을 가릴 수도 없다.

　쉴 새 없이 흘러내리는 콧물을 닦으면서 무심코 먹을 갈아

호毫의 직경이 1센티미터인 7호의 작은 붓에 먹을 찍어서 신문지에 장난삼아 〈천지현황天地玄黃 우주홍황宇宙洪荒〉을 썼다. '天'자는 길게, '地'자는 납작하게, '玄'자도 납작하게, '黃'자는 정방형으로 썼다. 글자의 모양을 달리 하고 싶기 때문이다. 작은 붓을 눌러서 크게 썼으므로 획畫은 거칠고 비백飛白이 많아졌다. 신문지에 20여 자를 쓰다가 신문지를 버리고 연습용 화선지를 반으로 잘라 접어서 한 장에 16 자씩 쓰기 시작했다. 미친 듯 광적狂的으로 빠르게 휘호揮毫했다. 감기의 영향을 받아서인지 이유 없이 휘호의 속도가 빨라졌다. 광적이라고 할 만치 빨리 썼다. 여태까지도 정성 들여 쓰기보다 마음을 비우고 마음 내키는 대로 써 왔지만 오늘은 더욱 빠른 운필로 써서 글자들의 형상이 거칠고 살벌하다. 작은 붓으로 이렇게 큰 글자를 쓰기도 처음인 듯싶다. 속필로 계속 써 갔다. 필호는 나의 빠른 운필을 감당하지 못한다. 강하게 눌러서 달리다가 우뚝 일어서기도 하고 꺾고 비틀고 굴리면서 달리다가 멈추기를 반복하는 역할을 작은 붓은 견디지 못하여 필호는 만신창이가 된다. 다시 먹을 찍어서 원상복원하면서 쓰다 보니 화선지 30 장이 다 소진되었다. 서서 썼으므로 무릎관절이 아프다 한다. 저녁을 먹고 쉬었다. 다음 날 같은 화선지를 구입하여 오후 3시부터 쓰기 시작했다. 휘호 속도를 더욱 빠르게 하여 화선지 22 매를 썼다. 몸이 피곤하여 글씨가 잘 안된다. 몸이 전 같지 않다. 나이는 속일 수 없는 것. 게다가 감기 기운이 있어서 정신 집중이 잘 안된다. 아무리 용을 써도 한계가 있음을 인정해야 했다. 이게 하늘의 뜻인 걸 어쩌랴. 16일은 나머지를 다 쓰고 끝을 맺었다. 17일은 순서대로 정리하여 낙관落款하고 호치키츠로 눌렀다. 천자문이 완성되었다. 장난삼아 쓰기 시작한 것이 기이奇異한 작품이 된 것이다. 광필 천자문狂筆 千字文이라 표지에 썼다.

(2016)

국회의장상 수상기

금년 초봄에 한국미술국제교류협회 이사장으로부터 전시회에 작품을 출품해 달라는 전화를 받았다. 국제적인 회원전과 공모전을 겸한다고 했다. 나는 공모전에 응모할 처지가 아니다. 공모전에 출품하는 건 많은 응모자와 경쟁을 해 보겠다는 것이다. 내 나이가 그런 욕심을 내기에는 너무 늦었다. 어찌 후배들과 경쟁하겠는가?

그런데 지금은 감기와 동거중이다. 이 인사불성 한 침입자는 주인의 승낙 없이 숨어들어 안방을 차지했다. 무례한 놈과 동거하자니 몸의 운신이 자유롭지 못하다.

하지만 외국 작가도 많이 참석하는 행사인데 체면치레는 해야겠다. 한 손으로 흐르는 콧물을 닦으며 휴정대사의 시 '과현산화촌過現山花村'을 행서로 썼다. 글씨는 쓰고 싶을 때 써야 수작이 나온다. 흐릿한 정신으로 쓰면 글씨도 맥이 풀려 시들하다. 그래도 아주 졸작은 아닌 듯싶다. 우체국에 가서 등기로 부쳤다.

온 나라가 메르스 공포에 떨고 있는 어느 날. 전시 준비에 바쁜 이사장으로부터 전화가 왔다. "운영위원 · 심사위원 · 고문단 연석회의에서 선생님 작품에 최고상을 만장일치로 의결하고, 국회의장 상을 신청하였더니 상장이 나왔습니다. 6월 29일 시상식에 꼭 참석하여 수상하시기 바랍니다."

"이 나이에 무슨 상이요? 후진들에게 가야 할 상을 내가 낚아챈 꼴이 되었지 않습니까?"

"아닙니다. 공모전 대상은 따로 있습니다. 고문님이 받는 상은 이번에 출품한 전체 작품에서 최고 작품상입니다."

"땀 흘려 쓴 훌륭한 작품들이 많을 터인데, 나는 상을 많이 받은 사람 아닙니까? 상을 준다니 고맙기야 하지만. 그렇지만 수상식에는 못 나가요. 지금 감기와 공생 중이고 메르스가 이 늙은이를 노리고 있는데 어떻게 가요?" 이렇게 퉁명스럽게 대화는 끝이 났고, 나는 결국 시상식에 불참하였다. 이제는 매사에 의욕이 시들해졌다. 사실 유명한 서양화가 · 한국화가 · 문인화가 · 서도가의 뛰어난 작품이 많을 터인데, 이들에게 수상 기회를 주어야 한다. 나는 최고령에 속한다. 상은 장래가 촉망되는 젊은 작가에게 주어서 사기를 진작해야 한다. 그래야 빛이 난다.

서도 작품이 전체 최고상 수상은 일찍이 없었다. 아무튼 이런 분위기와 기록을 처음 깨트린 것은 내가 처음이다. 실은 서도 작품의 위상을 높인 진기록을 세운 것이다. 5년 전 한중미술국제교류전에서 중국 작가들이 한국 측 전 작품 즉 서양화·한국화·문인화 가운데서 나의 서도 작품을 대표 작품으로 선정하면서 이변이 시작되었다.

공교롭게도, 중국전에서 대표 작품으로 선정된 나의 서도 작품도 석성휴釋性休 시 어부도'漁夫圖'였고, 이번은 휴정대사休靜大師의 시를 써서 국회의장상을 받았다. 나는 큰 스님의 은총恩寵을 받은 것이다. 불교와 인연이 있는 것 같은 느낌이 든다. 사실은 반야심경을 나만큼 많이 쓴 사람이 많지 않을 것이다. 불교와의 기이한 인연이다. 그리고 미술작품전시회에서 서도 작품이 그림과 조각 등의 작품을 물리치고 중국과 한국에서 대표 작품으로 인정받은 것은 서도의 위상을 높이는 데 기여한 첫 기록을 세운 것이다. 서도가로서의 영광이다. 어떤 분은 "신문에도 TV에서도 못 보았는데, 웬일이냐?"고 하나, 나는 그런 데는 별로 관심이 없다.

(2015. 7)

서예 친구

서울에 친구가 있다. 그의 호가 중봉中峰이다.

예절이 바르고 깔끔하고 자상한 친구다.

일을 함에도 절도가 있다.

나와 같이 갑자서회 회원이기도 한데 나보다 2년 연하다.

한중 교류전에 같이 참가하면서 더욱 정이 들었다.

그는 독특한 필법으로 대나무를 잘 그린다.

주로 대나무를 그리는데 초서체를 도입했노라고 자랑한다.

자기의 대나무 작품에 대한 자부심이 대단하다. 언제나 대가 연大家然 한다.

그가 자기의 작품을 진열할 회관을 짓는다고 한 지가 제법 오래 됐다.

어느 날 그에게서 전화가 걸려왔다.

"라석 형, 요즈음 얼굴 보기가 힘이 드니 웬 일이오?"

"나의 얼굴이야 어디 내놓을 만한 얼굴인가? 집에서 먹 갈고 장난하는 게 일과지 뭐."

"너무 겸손 떨지 말아요. 그럼 욕먹어요."

"욕이야 늘 먹는데, 나 욕먹는 거 무섭지 않아 .욕할 데 없으면 나에게 하라고. 그런데 전시관 건물은 다 되었는가?"

"아직도 다 안됐어. 일은 할수록 욕심이 생겨서 하는 김에 좀 잘하려니 그러네."

"중봉은 죽기는 글렀구면."

"왜 그래요?"

"애써 만든 회관을 놔두고 어찌 죽을 수 있겠어? 나 같으면 절대 못 죽어."

"아니야, 나도 만드는 데 재미가 있어 그래요, 별로 욕심은 없어."

"이번 전시 때에는 나의 이 아름다운 얼굴을 보여드릴게. 건강 관리 잘하고 꼭 나와요."

"하하하하"

그는 웃음으로 답하고 전화를 끊는다.

나도 나의 작품을 진열할 기념관을 짓고 싶었으나 그것을 만들면 앞으로 자식들과 제자들, 그리고 공무원들에게까지 걱정거리가 될 것 같아서 포기하고 말았다. 하지만 그 친구가 부럽다. 추사도 생전에 기념관 지었다는 말이 없다. 나의 작품이 그만한 가치가 있다면 전시관이야 언제든지 지어지겠지.

(2011)

나는 왜 옹고집쟁이가 되었는가?

　왜 나는 옹고집쟁이가 되었는가?

　나 역시 하느님이 물려주신 대로 살 뿐, 별로 특이한 점이 있는 것도 아닌데 한국서단에서 특이한 사람이 되었다. 서도에 뜻을 둔 사람들은 다투어 공모전에서 좋은 상을 받아 세상에 이름을 날리려고 하는데, 나는 그런 욕심은 없고 그저 홀로 열심히 연마해서 좋은 작품을 많이 남기고 제자들에게 바른 필법을 전수하여 때 묻지 않은 서도가가 되게 하려는 미욱한 꿈만 꾸는 옹고집쟁이가 되고 말았다.

　사실 바른 서도가는 많지 않고 때묻은 사이비들이 더 많다. 사회는 작품을 평할 때 작품의 질은 모르므로 수상 경력만을 따진다.

　제자들을 열심히 가르쳤으나 그들도 대부분 필력을 연마하기보다 상에 관심이 많다. 사실은 실력은 모자라면서도 좋은 상을 받고 목에 힘주어 다니는 것을 보면 부러운 것은 인지상정이다. 그리고 작품을 평할 때는 작품의 질보다 수상 경력만 따지는 게 현실이다. 그러니 잘 썼는데도 무시당하게 된다. 스승이 수상에 무관심 하는 게 미울 것은 당연하다.

모두가 나와 같이 필법 연마에만 노력하고 부패한 공모전은 아예 관심을 멀리하기를 바랄 수만도 없다. 시대의 흐름이란 거 역하기 힘들다. 그러므로 시대의 흐름에 적응하며 살고자 하는 제자들은 나의 문하에서 떠날 수밖에 없지 않겠는가.

나는 지금 돌덩이같이 굳어진 고집을 버릴 수 없다. 지금까지 나름대로 옹고집으로 살아왔고 그런 삶을 통하여 얻은 것이 행복이요, 바른 필법 연구의 완성이다. 필법 이론에 밝은 서도가 가 없는 것은 아니다. 하지만 이론대로 정확히 필법을 운용할 수 있는 서도가는 여태까지 거의 볼 수가 없었다. 우리나라에서 뿐 아니라 중국과 일본에도 많지 않은 것으로 알고 있다. 비록 안다 해도 후진들에게 잘 전수하지 않는 것이 예부터 내려오는 관례가 아닌가 한다. 즉 자기 스스로 터득하라는 것이다.

나의 경험에 의하면 바른 필법을 잘 전수한다 해도 정확히 자기 것으로 만드는 사람이 매우 희귀하다고 볼 수 있다. 나 역시 수십 년 간 온힘을 다해서 지도하였으나 좋은 성과를 얻지 못 하고 있다. 그래서 서도는 어렵다고 하는 것이다.

전에 중국의 대가라는 작가들을 모셔다가 제주시 연동 웰컴 센터에서 친선 작품을 한 바 있었다. 당시의 대가란 작가 가운 데도 운필을 제대로 구사하는 작가는 없었다. 바른 운필을 정확히 구사하지 못하면 해서楷書를 잘 쓰지 못한다. 해서는 물론이고 초서도 잘 쓸 수 없다. 중국에서도 해서를 잘 쓰는 작가를 볼 수 없었다.

사실 나의 옹고집으로 성취한 결과물은 해서 · 행서 · 예서 · 초서 · 전서, 한글을 대필 · 중필 · 소필을 자유스럽게 그리고 뛰어나게 쓸 수 있다는 것이다. 게다가 사군자 · 문인화도 그릴 수 있다. 이 모든 능력은 필법에서 이루어진다고 말할 수 있다.

사실 일없이 무료하게 시간을 보낸 적은 거의 없다. 나의 기억력은 최하위에 속한다. 하지만 서도와 문인화를 쓰고 그리는 데는 쉬지 않고 열심히 노력했다.

나는 농촌에서 어렵게 자랐다. 초등학생 때는 결석도 많이 했고, 학교 행사 날에는 학교에 갈 수가 없었다. 가사를 돕고 어린 동생을 돌보아야 했다. 사범학교에 다닐 때도 결석을 제일 많이 했다. 하지만 나는 끈기를 몸에 익혔고 쉬지 않고 일하는 습관을 몸에 길들였다.

그것이 나의 힘이요 장점이다. 그래서 오늘에 서화가 · 수필가의 아름다운 이름을 달게 되었고 많은 서화와 수필 작품을 남기게 되었다.

이런 나의 삶은 하늘이 정해 준 것임을 알게 되었다.

(2017)

품격 있는 작품

　요즈음 서도가 예술의 영역에 속한다는 이유를 들어, 알듯 말 듯한 즉 글씨 같기도 하고 장난 같기도 하고 그림 같기도 하게 그려 낸다. 그래서 고도의 예술성이 있는 서예 작품이라 한다. 하지만 나의 눈은 그런 이상한 붓질 흔적을 예술성이 있거나 서도 작품이라고 인정하지 못 한다.

　어쨌거나 예부터 서도가는 작품을 쓰는 데는 필법에 맞고 힘이 있어 품격 높은 글씨를 쓰려고 한다. 서도를 어느 정도 아는 사람은 서도 작품을 보고 글씨에 "힘이 있고 품격이 높다." 또는 "힘이 없고 격이 낮은 죽은 글씨다." 라고 평하는 걸 볼 수 있다.

　"내가 보기엔 다 비슷한데 어떻게 보았기에 그런 평을 하는가? 도무지 이해할 수 없다."고 고개를 저을 사람이 더 많을 것이다. 필력과 서품書品의 격은 서도를 전연 모르는 문외한도 한눈에 분별할 수 있는 게 아니다. 그러므로 시중에는 도무지 서도 작품이라고 인정할 수 없는 저질 글씨들이 범람하고 있음을 보게 된다. 처세에 뛰어난 사이비 서예가는 수상 경력을 자랑한다. 하지만 수상 경력이란 게 신뢰성을 상실한 지 오래다. 필자의 이 말을 이해할 수 없는 사람이 많을 것이다. 보기에는 다 엇비슷한데 무엇이 다른가? 라고 반문할 것이다.

지금 시중에 나도는 많은 서도 작품을 보면, 한문 작품 가운데는 한문을 아는 사람도 글자가 맞는지 틀리는지를 알 수 없을 것이고, 따라서 아름답고 의젓하게 썼는지, 경박하고 저질스럽게 썼는지도 모를 것이다. 작품을 쓴 사람부터가 자기의 작품이 잘 쓴 것인지, 저질底質인지를 분간 못하는 그런 작가가 많음을 보게 된다. 만약 작품을 쓴 작가가 자신의 글씨의 수준이 낮은 것을 안다면 그것을 만인 앞에 떳떳이 내놓을 수 없을 터이다. 그러므로 작가 자신은 자기의 형편없는 작품을 제일이라고 자랑하는 것이다. 그래서 떳떳이 출품하는 것이다. 작품을 평가할 능력이 없기 때문이다. 그런데 일반인들 모두가 글씨를 바르게 평하기를 기대하는 것은 무리다.

게다가 필력이나 필법을 운운하는 것은 더욱 이해할 수 없을 것이다. 하지만 필력은 작품의 생명이다. 필력이 부족한 작품은 죽은 작품이다. 필법을 모르는 사람이 쓴 작품이 아름답고 힘이 있을 수가 없다. 서도 문외한에게 아무리 말해도 이해할 수 없을 것이니, 조금은 관심이 있는 분을 위하여 논하기로 하겠다.

팽팽하여 긴장감 있는 획은 어떻게 얻어지는 것일까? 서書를 논한 책을 읽어 보았을 것이다. 이들의 공통점은 글씨에 뼈·

살·피가 있어야 생기生氣가 있다고 설명해 있다. 하지만 뼈와 살과 피를 볼 수 있는 사람이 몇이나 될까? 그런 이론을 편 사람도 모를 것이다.

한동안 음양설陰陽說로 글씨의 우열을 설명하던 때가 있었다. 알쏭달쏭한 무리한 비유였다. 아마 강약强弱·태세太細·윤갈潤渴·완급緩急·조화調和·참치參差·질박質朴·비백飛白 등으로 설명했어야 했지 않았나 생각한다. 음양설로 필법을 설명하려 한 것은, 동양철학에서는 의미意味 있는 시도라고 할 수 있겠으나 무리였다. 하지만 위의 일곱 분야로도 충분한 설명은 못 된다. 앞에서 지적한 강약 태세 윤갈 완급의 조화를 얻는다 해도 충분하다고 할 수 없다.

왜냐하면 서도는 마음으로 쓰는 것이기 때문이다. 훌륭한 작품은 마음을 비우고 쓴 것이 대부분이다. 즉 서도 작품은 고도의 정신세계의 산물이다. 인위적으로 강약 태세 윤갈 완급의 조화를 이루고자 하나, 인위적인 냄새가 나는 것을 피할 수는 없다. 인위적이란 조작된 것, 억지스러운 것, 그래서 부자연스러운 것을 말한다.

필자 역시 오래도록 시도해 보았다. 처음에는 그럴듯하였으나 볼수록 작위作爲적 냄새가 나서 포기하고 말았다.

훌륭한 작품을 얻고자 하면 옛 어른의 이론을 연구해야 한다.

우리들의 입에 바르고 다니는 온고지신溫故知新, 법고창신法古創新이란 어떻게 하는 것인가를 고민하고 연구해야 한다. 우리는 온고溫故와 법고法古를 팽개치고, 멋대로 치기稚氣 넘치는 저질 글씨를 예술이라는 미명 하에 조작하고 세상을 우롱하고 있음을 볼 수 있다. 그래서 지신知新이요, 창신創新인 것처럼 오도하는 사이비 작가를 보게 된다. 이런 부류들은 더 나아가 개성화요 시대정신이라고 떠들고 있기도 하다.

　작품 속에는 작가의 인품이 녹아 있어야 한다. '서여기인書與其人'이란 말을 암기할 것이 아니라 그 참뜻을 고민해야 한다. 서에 대한 철학을 머리에 정립해야 한다. 서도書道는 동양에서 일어나 동양의 미美와 정신을 축적해 왔다. 그것을 일시에 무너뜨리면 서도는 서도로서의 생명을 상실하게 된다. 필자는 서도 작품을 씀에 있어서 서書의 품격 속에 기취奇趣와 정열을 담고자 한다. 그게 용이하지 않다. 담고자 한다고 담겨지는 게 아니다. 작품을 쓰면서 저절로 그런 분위기가 배어야 한다. 그게 어렵다.

(2010)

한산시를 쓰고

약 15년 전인 것 같다. 작품을 정리하다가 작품 사이에 폐지가 구겨진 채 끼어 있었다. 버릴까 하다가 그냥 버리기엔 아쉬운 생각이 들어서 글씨 연습을 하고 버리기로 생각을 바꾸었다. 작품을 정리하고 나서 먹을 갈고 구겨진 폐지를 손으로 문질러 폈다. 마침 서가에서 나의 눈에 들어온 책이 '한산시寒山詩'였다. 한산시를 쓰기로 했다.

세필細筆로 한산시를 무심코 쓰기 시작했다. 종이가 버린 종이라 잘 쓰려는 생각을 하지 않고 부담 없이 슬슬 써 내려갔다. 쓰고 버릴 것이니 잘 쓰려는 마음은 애초부터 없었다. 한산시寒山詩 55수를 쓰고 나서, 쓴 것을 한 장 한 장 넘기면서 살펴보니 그냥 버리기에는 아까운 생각이 들었다. 잘 쓰려고 하지도 않고 아무 부담 없이 즐거운 마음으로 폐지에 연습 삼아 쓴 것인데……!

버리지 말고 두었다가 버려도 될 터이니, 똘똘 말아서 작품 틈에 끼워 놓고 다시 까맣게 잊은 채 세월은 10여 년이 흘렀다.

다시 작품을 정리하다가 한산시가 나의 면전에 슬그머니 나와서 얼굴을 물끄러미 쳐다보며 나의 의중을 살핀다. 그것을 책상 곁에 구겨진 대로 버려두었다. 아무리 보아도 버리기는 아깝고, 그것을 작품이라고 남에게 보이기에는 종이가 너무 험해서 마음이 내키지 않았다.

그러던 어느 날 제자가 "이거 제가 복사했습니다."라고 하면서 그 푸대접하던 한산시를 복사하고 복사본을 나의 앞에 겸연한 눈으로 바라보며 내어 놓는다.

"이 사람아, 이건 버리려고 쓴 거야. 이런 폐지에 쓴 것을 어디에 내어놓을 수 있겠나?"

"종이가 나쁘면 어떻습니까? 글씨가 버리기에는 너무 아깝지 않습니까? 그래서 선생님 몰래 가지고 가서 복사본을 만들었습니다."

복사본을 만드니 글씨의 얼굴이 제법 환해 보였다. "수고했네. 자네가 수고했는데 버릴 수는 없겠고. 서문을 쓰고 시의 해석도 첨가해서 제대로 복사본을 만듭시다."

그래서 갑오년에 새로 탄생한 것이 이 한산시寒山詩다.

"이 寒山詩는 라석의 작품 가운데서 최고 걸작이야."라고 추겨 주는 친구도 있었다.

간혹 이 한산시를 꺼내어 읽으면서 생각한다. 마음이 호수처럼 맑고 순수한 때에 쓴 글씨가 가장 기절奇絶한 작품이 된다는 사실을 다시 느끼게 된다.

천자문에 '천류불식 연징취영川流不息 淵澄取映'이란 구절이 있다. 서도를 하는 사람이 가장 가슴에 새길 구절이 아닌가 싶다. 천류불식(냇물이 쉬지 않고 흐름)과 같이 열심히 필력을 닦고 연등취영淵澄取映(연못이 맑아 만상을 영출함)과 같이 마음을 호수처럼 맑게 해야 한다는 것을 깨닫게 한다. 평소에 연마하지 않고 붓을 잡으면 마음이 불안하다. 그리고 마음이 맑고 여유롭지 않으면 많은 연습이 있다 해도 뛰어난 작품이 나올 수가 없다.

서도 작품은 수정을 가하면서 아름답게 꾸미는 게 아니다. 붓을 잡았을 때의 마음을 단번에 화선지에 형상화하여 완성시켜야 한다. 그러기에 서도 작품을 쓰는 작업은 지난한 작업이다. 내가 한산시를 쓸 때는 마음에 부담이 없이 청정한 마음으로 쓰지 않았나 하는 생각이 든다.

벽에 써서 붙일 만한 내용이고, 부처님 가르침 같아 가끔씩 읽으면서 명상에 잠기는 것도 마음을 다스리는 데 좋을 것 같다.

(2018. 3)

3부

風遞鶯聲暄座上 日移花影倒林中(풍체
앵성훤좌상 일이화영도임중)(2005)
 바람은 꾀꼬리 소리를 전하여 자리를
따뜻하게 하고, 해는 꽃 그림자를 옮겨
와 숲 가운데 눕혔다.

분수에 맞는 삶

    삶이란 무엇인가? 라는 과제를 자기 자신에게 끊임없이 던지면서 사람들은 살고 있을 것이다. 나 역시 그 가운데 한 사람이다. 백만장자나 고관대작도 그리고 밑바닥 인생도 생에 대한 정의를 마치 생선을 굽듯 이리저리 뒤집으면서 진지하게 추구하고 있을 것이다. 하지만 좀처럼 명쾌한 결론을 얻을 수 없는 것이 삶의 문제라 생각된다. 그런데 이렇게 정의를 내리기 어려운 삶이야말로 무엇과도 바꿀 수 없는 가장 소중한 것이다.

    삶을 논하려면 그 반대인 죽음을 말하지 않을 수 없을 것 같다. 모든 생명체는 생에 대한 무한한 애착을 갖는다. 이 세상에 생명보다 더 소중한 것은 없기 때문이다. 죽은 자에게는 온 우주를 준다 해도 의미가 없다. 생명체는 무조건 본능적으로 모든 수단을 동원해서 죽음에 저항한다. 생명의 무게는 저울질하고 따질 수 없다. 나의 단견으로는 생의 무게는 우주의 무게와 똑같을 것 같다.

    그런데 죽음은 태어나면서 예고된 피할 수 없는 이미 결정된 과정이다. 마치 차를 타고 여행을 하다가 여행을 마치고 차에서 내리는 것과 비유할 수 있겠다.

그런데 조물주는 기가 막힌 설계자다. 게다가 뛰어난 예술가다. 조물주는 모든 생명체에게 죽기 전에 대신 살아갈 자식을 낳게 하여 죽는 자에게 희망과 위안을 주었다. 그리고 다음을 이어 갈 후계자를 만드는 과정은 기막힌 즐거움을 첨가하여 설계한 것이다. 그래서 열심히 자손을 만들도록 했다.

인류가 생긴 이래 죽지 아니한 사람은 한 사람도 없다. 결국 사람뿐만 아니라 모든 살아 있는 생명체는 죽을 수밖에 없다. 그러므로 어떻게 살 것인가 하는 문제의 탐구는 결국 어떻게 죽을 것인가와 직결된다. 피할 수 없는 죽음이라면 여한이 없는 죽음을 맞이해야 할 텐데 여한이 없이 죽으려면 여한이 없는 충실한 삶을 살아야 할 것 같다. 결국은 죽음에 대한 연구는 삶에 대한 연구에 귀착된다. 사람들은 너나없이 잘 살려고 생각한다. 막연히 생각만 하는 사람이 있는가 하면, 잘 사는 방법과 기준을 설정하고 이를 달성하기 위하여 매진하는 사람이 있다.

자고로 부귀는 가장 많은 사람들이 선호하는 소망이요, 행복의 수단이다. 그러나 어떤 행복의 수단도 모든 사람에게 공평하게 분배한 일은 없었다. 설사 공평하게 부여한다 해도 받는 사람의 손의 크기가 다르므로 받는 사람의 손의 크기에 따라 천차만별이다. 그 이유는 사람은 각기 다르게 태어났기 때문이다.

다르게 태어났다는 것은 결국 숙명적으로 다르게 살아야 한다는 의미이기도 하다.

사람은 각자 자기의 관심사에 대하여 많은 생각을 한다. 사람의 관심사는 고정불변의 것이 아니다. 그러므로 목표를 설정하는 데는 서두르지 말고 깊이 숙고할 필요가 있다. 또 삶보다 더 소중한 가치가 있을 수도 있다. 이순신 장군과 안중근 의사는 목숨을 버리고 조국의 적과 싸우고 목숨을 버렸다.

석가여래부처님은 왕자로서의 영화를 버리고 만인을 고통에서 제도하기 위하여 고행의 삶을 택하였다.

자기의 의지에 따라 고행을 택하거나 목숨을 버릴 수 있는 동물은 사람뿐일 것이다. 사람의 관심이 있는 곳에는 즐거움과 두려움이 기다리고 있기도 하다. 즐거움은 곧 행복이라고 나는 생각한다. 그 즐거움이 만인에게도 즐거움이 되거나 유익한 것이면 좋다.

사람들은 말한다. "한 치 앞을 내다볼 수 없는 인생인데, 오늘을 즐기지 않고 내일을 기대하는 것은 어리석은 생각이다." 라고. 하지만 불행하게도 내일 아니 한 달 또는 일 년, 십 년을 더 살 수 있게 되는 날에는 하루나 한 달 동안 질탕하게 놀고 쓴 것이 평생을 괴롭힐 것이니 즐기는 것이 꼭 행복하다고 할 수는 없다. 도리어 불행을 자초하는 행위가 되기도 한다. 그런데 향락에 푹 빠지면 내일을 생각하는 이성이 마비되어 뜻밖에 접

근해 오는 불행의 신호를 감지하지 못하는 수가 있다. 불행의 나락에 떨어져도 죽음은 용이하지 않다. 죽기란 그리 쉬운 게 아니다. 그러므로 죽지 못해서 살게 된다. 그 산다는 게 얼마나 비참하겠는가. 그 참담함을 자초한 원인이 향락이라는 것임을 알고 땅이 꺼지도록 후회해 본들 무슨 해결책이 있을 것인가!

고통과 즐거움의 관문關門 가운데 어느 문을 먼저 택하는 게 좋은가? 현명한 자는 고통의 관문을 택한다. 향락의 문을 먼저 택한 자의 일생은 실패한 삶이되기 쉽다.

사람은 분수를 알고 분수에 맞게 살아야 한다. 그게 행복한 삶이다. 자기의 분수를 아는 게 쉬운 일은 아니다. 경험에 의하면 고통을 통해서 분수를 알게 된다. 땀방울은 고귀한 것이다. 땀을 피하지 말고 땀을 흘리며 살아 보는 게 매우 현명한 처신이다. 그리고 옛 성현의 말씀에서 방법을 찾는 것도 지혜로운 삶이다.

'만족을 알면 부자다知足者富'라는 말이 있다. 매일 부족해서 이를 채우려고 노심초사하며 달달 볶는다면 스트레스를 받아서 그 소중한 건강마저 훼손될 터이다. 의식주에 크게 구애되지 않는다면 만족으로 생각하고 마음 편히 사는 것만 못하리라. 사람 사는 데 경제는 필수지만, 경제로 행복을 사려는 것은 최선의 방법이 아니다.

한데 요즘 스스로 목숨을 끊는 사람이 부쩍 많아졌다. 초근목

피로 연명하면서 모질게 살던 시대에도 자살하는 사람은 없었다. 모진 병에 걸려 평생을 고생하면서도 꿋꿋이 사는 사람이 많다. 살기가 편하고 배움이 많을수록 자살률이 많은 것은 무슨 까닭일까? 어려서부터 고생을 모르고 성장한 것이 그 원인이 아닌가? 즉 즐거움의 관문을 먼저 택한 것이다. 부족함을 모르고 살다가 돌연히 어려움이 닥치면 앞이 캄캄하고 이를 극복할 엄두가 안 나 쉽게 좌절하게 된다. 그러므로 난관을 헤쳐 나가는 힘과 인내력을 키우는 것이 교육의 핵심이 아닌가 싶다.

하루하루 분수에 맞게 그리고 자기가 좋아하는 일을 열심히 하면서 살면 여한이 없는 죽음을 맞이할 수 있지 않을까!

(2016)

갈성인葛性人

갈성인은 칡넝쿨 같은 인간이다. 19세기 영국의 철학자 스펜서는 '적자생존' 이론을 주장하였다. "생물이 진화하면서 생존경쟁의 결과 외계의 환경에 가장 잘 적응한 종만이 생존 번영하고, 적응하지 못하는 종은 자연 도태된다."고 설파했다. 이 이론을 '밀림의 법칙'이라고 말하기도 한다. 자유로운 경쟁 사회를 밀림의 생존경쟁에 비유한 것이다.

보기에 따라서 다르겠으나 내가 보는 관점으로는 밀림의 법칙은 참으로 무자비한 생존경쟁을 의미한다. 이런 이론을 인간 사회에 대입하는 것은 상식을 벗어난다는 생각이다.

왜냐하면 스펜서도 자연의 실태를 구체적으로 관찰하지 못하고 겉만 핥았기 때문이다. 자연의 경쟁은 나무끼리의 경쟁만 보아서는 안된다. 동식물의 생태를 종합적으로 검토해야 한다.

나는 오늘도 한라수목원을 찬찬히 산책하면서 초목의 생존경쟁의 실상을 관찰하였다. 나무에게는 햇빛이야말로 생명이다. 초목들은 그 소중한 햇빛을 조금이라도 더 차지하기 위한 처절한 경쟁을 한다. 동물이나 식물이나 생명의 소중함은 같을 터. 나의 팔뚝 만한 소나무가 생존을 위해서 자기보다 열 배도 더 굵은 아름드리나무와 키 경쟁하고 있었다. 그들의 경쟁 목적은 주변의 경쟁자보다 한 치라도 더 자라서 햇빛을 많이 받으려는 것이다. 어떤 나무는 허약하고 가늘어진 몸으로 경쟁에서 더 버틸 수가 없어 생명의 끈을 놓고 죽었다. 측은한 생각이 든다.

저 야위어 허약한 체구로 굵고 큰 나무와 얼마나 처절하게 다투어 햇빛을 얻으려고 숨을 거두는 순간까지 경쟁했을까? 마침내 힘이 다 소진되어 죽음을 택할 수밖에 없었겠구나! 죽을 때까지의 삶도 얼마나 고달팠을까! 차라리 죽고 나서야 평안을 얻었으리라! 측은지심이 든다. 결국 죽은 소나무는 나무꾼에 의해 잘리고 불구덩이에 몸을 던져 태워질 것이다. 다행히 목수나 능숙한 조각가의 손에 의해서 아름다운 가구나 예술 작품으로 예쁘게 태어나는 행운을 얻기를 빌었다.

그들에게는 복지나 환경 개선은 없다. 순수한 자연 그대로다.

나무들은 집단을 형성해서 경쟁하며 자란다. 수세樹勢가 강한 나무는 힘차게 우뚝 자라서 일광을 넉넉히 받는다. 이런 나무는 체구도 당당하고 윤기가 도는 데 반해, 그 가련한 목숨을 지키려고 발버둥 치던 허약한 나무는 생존경쟁에서 자신의 생명을 지켜낼 방책을 박탈당하고 고통스러운 생을 마감한다. 죽음은 비통하나 편안한 세계다.

생존경쟁을 하는 초목들은 이런 혹독한 경쟁법칙에 말없이 순응하면서 번영과 도태의 길을 묵묵히 간다. 참혹한 경쟁에서 승리의 행운을 거머쥔다고 해도 장래를 안심할 수 없다. 그 뒤에서 엉뚱한 침입자가 호시탐탐 노리고 있기 때문이다.

길가에 삼나무 군락이 산들 바람에 몸을 여유롭게 흔들며 행복하게 자라고 있었다. 그 곁에 염치없는 칡이 자라기 시작한다. 칡은 음험한 본성대로 살금살금 나무 위에 올라타서 의기양양하게 햇볕을 독점하여 마침내 나무들을 다 죽이고 말았다. 칡은 다른 식물에게 아무런 혜택도 주지 않는다. 그런데도 나무 위에 올라타서 햇빛을 독점하고 바람 따라 흥겹게 춤을 추면서 오만방자하다. 그 몰염치를 보노라면 자신도 모르게 분노를 느낀다. 조물주는 어찌 저런 염치없는 식물을 버젓이 만들어서 많은 식물에게 고통을 안기는가!

사실 칡의 건방진 속성을 드러내게 한 것은 인간이다. 산과 들에서 살던 동물들을 모두 우리에 가두어서 칡의 천적을 없앤 것은 사람이다. 그 결과 칡의 오만방자한 본성을 부추기게 된 것이다.

사실 우리 인간사회에도 칡 같은 존재가 있다. 우리들에게 아무런 혜택도 주지 않으면서 우리의 영양분을 쪽쪽 빨아먹고 온갖 영광과 특권을 누리면서 사회악을 더욱 조장시킨다. 그들의 속성이 영락없이 칡과 유사하다. 게다가 사회에 부정부패를 만연하게 하고 갈등을 증폭시켜서 우리의 삶의 터전을 황폐화한다. 이쯤 말하면 눈치 빠른 이는 짐작하리라. 입을 열면 국민을 위한다고 하면서 국민을 위하는 일은 하지 않고 자기의 잇속만 챙긴다.

나는 점잖게 말해서 그들을 '갈성인葛性人'이라 부르고 있다. 칡 갈葛 성품 성性 사람인人, 칡의 성품을 가진 사람. 즉 염치없고 건방진 자. 그들은 자칭 지도자라 한다. 이는 스스로 몰염치한沒廉恥漢임을 만천하에 드러내는 말이다. 사실 그들에게 갈성인葛性人이라고 호칭하는 것은 너무 과분한 대우다. 그들은 국민에게 여러분의 머슴이 되겠다고 한다. 사람을 현혹시키는 데는 그 기량이 뛰어나다. 그래서 선량한 사람들은 그 갈성인을 착한 머슴인 줄 알고 데려 쓰게 된다. 그들은 집안을 쑥대밭으로 만들면서 시도 때도 없이 싸움질만 한다. 닭 잡아먹고 오리발 내미는 재주는 귀신도 따를 수 없을 정도다. 주인 보기를 손톱에 낀 때만큼도 생각지 않는다.

사실 사람은 만물의 영장이 아니다. 결국 지구는 사람의 끝없는 탐욕으로 말미암아 망할 것이기 때문이다.

살펴보건대 밀림의 법칙은 잔인하기는 하나 공정한 생존법

칙이다. 이 자연의 법칙을 자세히 관찰해 보면 자연과 인간사회와는 생존경쟁의 차이점이 많음을 알 수 있다. 자연계에는 정정당당하고 순수한 경쟁을 통하여 유능한 자가 생존하면서 번영을 누린다.

사람의 사회는 생존경쟁이 적자생존의 법칙을 주장하면서도 그 속을 들여다보면 그렇지가 않다. 부정이 판을 치는 것이다. 유능한 자가 반드시 이기는 게 아니다. 교활하고 악질 인간이 득세하는 것을 많이 보게 된다. 즉 갈성인葛性人이 잘 사는 경우가 많다.

자연은 동물과 식물이 어우러져서 생존 경쟁을 해 왔다. 한데 사람들이 돈을 벌기 위하여 동물을 모두 가두어 버렸다. 칡은 동물의 먹잇감이다. 동물을 우리 속에 가두자 칡은 만세를 부르며 나무 위에 올라타 본성을 드러내기 시작했다. 그 결과 자연계는 밸런스가 무너지기 시작한 것이다.

(2014)

도체비 (도깨비)

어릴 적에는 낮에는 농사일로 바빴으나, 밤이면 모닥불 주위에 모여 앉아 재미있는 이야기가 풍성했다. 어떤 이야기는 웃겨서 배꼽을 빼게 하고, 어떤 이야기는 무서워서 소름끼치게 했다. 그 재미있는 말들 가운데는 도체비 이야기를 빼놓지 못한다. 운 좋게 나는 그 재미있는 도체비를 직접 두 번 목격했다.

첫 번째 도체비

달도 구름 속에 숨어 버린 을씨년스러운 가을밤이었다. 그날따라 해가 서산을 넘고 황혼도 다 스러질 때까지 검은오름 동봉우리에 있는 풀밭에서 베어 말린 풀을 정리했다. 일기예보가 없는 때라 일기의 변화를 하늘을 보고 예측해야 했다. 그날따라 예감에 비가 내릴 듯하였다. 부모님과 같이 꼴을 묶어 한곳에 모아 비에 젖지 않도록 잘 단속하고, 돌아오다 보니 저녁 시간이 꽤 늦었다. 이런 일은 농촌의 연례행사라 새삼스러울 것도 없었다. 소와 말의 양식인 꼴을 베어서 말린 후에 묶어서 단을 만들어 집에 운반해다가 저장하는 것은 제주도 농가의 매우 중요한 연례행사다.

일이 끝나 어둠이 깔린 자갈길을 소와 말을 앞세웠다. 속칭 너븐밭을 지나 남주봉 동쪽 겨드랑이 오솔길을 더듬어 내려온다. 몸은 지치고 배는 고파 꼬록꼬록 소리를 낸다. 산 틈의 오솔길은 더욱 어두워서 우마와 사람의 걸음이 늦어진다. 우마를 모는 소리도 서로 대화하는 말소리도 없이 우리 가족은 우마의 뒤를 따라 묵묵히 지친 다리를 옮긴다. 소는 앞장서서 뚜벅뚜벅 그 묵직한 걸음이 언제나 믿음직스러웠다. 말도 그 뒤를 따랐다. 나는 부모님의 뒤를 따라 꼴 몇 단을 등에 지고 비틀거리기도 하고 돌부리를 차면 발가락이 아프나 일상의 일이라 이를 깨물고 꾹 참으면서 걸었다. 서늘한 가을바람이 옷 속으로 비비고 들어와 추웠다.

지금까지 걸은 길은 남에서 북을 향하여 한라산을 등지고 걸어 왔는데 우리 집으로 들어가는 올래길은 큰 길에서 동쪽을 향하여 들어가는 마차 한 대가 겨우 다닐 수 있는 좁은 길이다.

그날은 큰 길에서 커브를 꺾어 올래로 들어가려는데 동남쪽 언덕 풀밭에서 누군가가 마른 가시넝쿨을 태우고 있었다. 불길이 훨훨 치솟는 게 아닌가. "아니 이 늦은 밤에 누가 가시넝쿨을 태우는고?" 이상한 일도 있구나! 아버지께 여쭈었다. "이 밤중에 저기 불태우는 거 누겐고 마씀?" 아버지가 대답하신다. "도체비 담다." 아버지의 말씀이 끝난 후 5초쯤 지났을까. 그 불이 날아 담을 뛰어넘고 쏜살 같이 남동쪽에 있는 송림 쪽으로 날아간다. 분명히 불을 태우는 사람도 보였는데 불이 날아간 후에는 사람은 온데간데없다. 도체비라니? 겁이 덜컥 났다. 도체비 이야기는 귀가 붓도록 들었으나 실물을 보기는 처음이었다. 이렇게 날아가는 도체비를 생이도체비라 한다고 하셨다. 그 후로 밤에 올래 밖으로 나갈 때는 도체비가 다시 나오면 어쩌나 사방을 이리저리 살피게 되었다. 하지만 다시는 도체비불을 볼 수가 없어 오히려 섭섭하였다.

두 번째 본 도채비

우리 집에는 큰 수소가 있었다. 덩치도 크고 힘이 세어 싸움도 잘하고 밭도 잘 갈았다. 하지만 성질이 어진 소였다. 그 황소는 우리 집의 보물 중의 보물이었다. 나는 그 소를 몰고 다니는 게 즐겁고 신이 났다. "웅웅웅" 웅장한 소리를 지르면서 걸어가면 다른 소들은 슬금슬금 비껴 준다. 밭을 갈 때는 별로 힘을 들이지 않고 쟁기를 잘 끈다. "어씩어씩" 소리를 하면 잘 듣고 걸음의 속도를 낸다. 그런데 마음은 착해서 나의 좋은 친구가 되어 주었다. 나는 황소와 같이 들판으로 나가는 게 무척 즐거웠다. 하교에서 돌아오면 소와 같이 들로 나가 풀을 뜯기면서 같이 노는 것이 좋았다.

어느 날 밭에 가두어 둔 이 황소가 밭담을 허물고 나와서 사라졌다. 온 식구가 지역별로 나누어 황소를 찾기로 했다. 날은 어두워 캄캄해졌다. 나는 속칭 개남두둑에서 다호동으로 내려가는 길을 담당하여 소를 찾으러 가는데 개남두둑 북서쪽 다호동 가는 길로 들어서니 길가에 불이 번쩍번쩍 타오른다. 한 두 개가 아니다. 벌룽벌룽 여러 개의 불이 움직이며 번쩍이니 무서워서 앞으로 나아갈 수가 없었다. 이상하다. 이게 무슨 불인고? 발을 멈추고 살펴도 도무지 본 적이 없는 야릇한 불이다. 아무리 무서워도 소를 찾아야 하므로 한참을 보다가 불이 있는 틈새를 재빨리 달려 마구 뛰었다. 뛰다가 돌부리에 발이 걸려 땅바닥에 나뒹글었다. 얼른 일어나 뒤돌아보니 아직도 불이 보인다. 등에는 땀이 흥건했다. 도채비가 잡으러 오는 것 같아 한참을 달리다가 뒤돌아보니 아무 것도 보이지 않았다. 이리저리 헤매다가 결국 어둠 속에서 풀을 뜯는 소를 찾았다. 손으로 엉덩이를 한 대 갈겨 주었다. "이놈아, 사람 속을 이렇게 태우니 속이 시원하냐?" 꾸짖었으나 소는 무시하고 풀만 뜯는다. 소와 둘이서 집으로 돌아오는데 도채비가 있던 곳에는 불은 없고 깨진 그릇만 길가에 어지러이 널려 있었다.

내가 어렸을 때는 도채비 이야기가 재미있고 무섭기도 했다. 돌화로에 장작불 피우고 모여 앉으면 도채비 이야기, 옛날이야기를 신나게 잘하는 말꾼 형이 있어 꼬마 아이들에게 인기가 대단했다. 밤새 이야기해도 그칠 줄을 몰랐다. 도체비의 종류도 많아서 그냥 도채비, 생이도채비. 방아귀신, 그슨새귀신 등 무시무시한 귀신 이야기가 있었으나 이제는 다 잊어버렸다. 지금은 도체비가 없는 세상이다.

어릴 적에는 도채비 이야기, 귀신 이야기 등 옛날이야기가 풍성해서 밤새워 이야기를 들었는데, 오늘날은 TV 앞에 앉아 세상이 돌아가는 모습을 본다.

(2017)

새벽 눈길을 홀로 걸으며

　이른 아침이다. 눈은 바람 따라 춤을 추며 천지간에 가득 흩
날린다. 하늘과 땅을 이어 주는 듯하다. 눈은 지척에 있는 남주
봉조차 볼 수 없게 시야를 가린다. 근래에 보기드믄 폭설이다.
하늘과 땅 사이는 거대한 눈의 춤 무대가 되었다. 눈송이는 저
마다 바람을 타고 빙빙 돌기도 하고 위로 치솟다가 아래로 곤
두박질을 치면서 온갖 재주를 부린다. 동쪽으로 몰려가다가 급
전하여 남쪽으로 달린다. 때로는 천천히, 때로는 쾌속으로 돌진
하다가 회전하고 치솟는 기교가 가히 신기神技다. 어떤 놈은 공
원의 나뭇잎 위에 살포시 앉아 지친 몸을 쉬기도 하고 어떤 놈
은 높은 건물의 지붕 위에서 쉬다가 뛰어내리면서 다시 군무
속으로 한 무리가 된다. 참으로 장관이다. 신기한 예술의 한 장
면이다. 근래에 볼 수 없었던 아름다운 천사의 군무다. 눈송이
의 유연하고 애교 어린 몸짓, 무리지어 휘몰아치는 박진감. 나
는 행복한 완설객玩雪客이 되었다.
　더벅더벅 눈길을 걸으며 많은 생각을 하게 된다. 정말 아름다

운 정경이다. 눈에 취하여 걷다가 엉뚱한 생각을 하게 된다. 이 아름다운 정경을 모두가 아름답게 생각할까? 먼 길을 가야 하는 나그네는 하늘을 우러러 원망할 것이요. 창틈으로 찬바람이 들어오는 초막에 사는 서민들은 이 하얀 선경仙境을 고통스러운 눈으로 바라보며 추위에 떨 것이다.

하나의 풍경이나 사물을 보면서도 처지에 따라 각기 다르게 느끼게 될 터이다. 문인은 시와 수필로 이 아름다움을 묘사하면서 막걸리 한 잔을 기울일 것이요. 화가는 그림으로 표현하면서 만족해 할 것이다. 스키를 즐기는 사람은 너무 좋아서 쾌재를 부를 것이다.

두툼한 방한복은 나의 체온을 보호하고 추위를 막아 준다. 폭설 속을 하얀 눈을 밟으며 걸어가는데 바삭바삭 눈의 신음소리가 따라오다. 한참 걷노라니 하얀 천지가 화선지로 변한다. 그 위에 마음으로 큰 글자를 쓰면서 희열을 만끽한다.

문득 시구가 떠오른다. 《寒風雪舞晨 老客獨行詠 찬바람 불고 눈이 춤추는 새벽, 늙은 나그네 혼자 시를 읊조리며 걸어간다.》

아름다운 이 풍경을 모두가 같이 즐겨 노래를 부를 수 있다면 얼마나 좋을까! 나는 홀로 상념에 젖어 하염없이 걸었다. 소싯적의 눈에 얽힌 추억들이 만화경처럼 머릿속에 떠오른다. 나의 뒤를 따르는 뿌드득뿌드득 상쾌한 발자국 소리만이 나의 동반자다. 아침 눈길은 적막하다. 길에는 가끔씩 몸을 쭈그리고 종종걸음으로 지나가는 사람이 보인다. 체인을 감은 자동차가 느린 속도로 굴러간다. 차도 사람도 모두가 추운 것이다.

　서산대사의 시가 떠오른다.

　《踏雪野中去不須胡亂行 今日我行蹟遂作後人程 눈 덮인 들판을 걸어가면서 비틀거리지 마라. 오늘 나의 발자취가 뒤에 오는 사람의 본보기가 될 터이니.》 언제 읽어도 가르침이 큰 시다. 서산대사처럼 모두가 바른 삶을 살았으면 하는 소망을 하면서 새벽의 눈 속을 하염없이 걸어간다. 즐거운 아침이다.

(2012. 2)

벚꽃 축제

오늘부터 벚꽃축제가 열린다. 시선이 닿는 곳마다 만발한 벚꽃의 화려함이 눈부시다.

우리나라 국화인 무궁화는 억울하게도 국민으로부터 축제한 번 못 받은 처량한 신세다. 무궁화를 볼 때마다 미안한 생각이 든다. 무궁화는 어찌하여 인기를 잃었는지 더욱 초라하게 보인다. 누구 한 사람도 예쁘다고 사랑해 주는 사람이 없으니 어찌 외롭고 슬프지 않겠는가.

언제부턴가 벚꽃축제를 하기 시작했다. 그러나 그 화사한 벚꽃축제의 과정에는 웃지 못 할 에피소드도 있었다. 벚꽃축제 일을 정함에 있어 벚나무에게 언제 꽃을 피우겠느냐? 라고 물어볼 수도 없고, 축제 담당자가 예측해서 정하게 되니 눈치 없는 벚나무는 담당자의 고심은 헤아리지 않고 자신의 일정대로 일찍 꽃을 피운다. 난처해진 담당자는 벚나무 뿌리에 황급히 어름덩이를 묻는 해프닝도 있었다. 그런데도 벚꽃은 이를 무시하고 자기 뜻대로 피어 버렸으니 담당자의 고심과 노고는 허사가 되었다. 옛 우화를 듣는 느낌이다.

축제를 하지 않아도 벚꽃이 피면 사람들은 자연히 모여들어 벚꽃을 즐길 터인데 번거로이 축제를 왜 하는지 모르겠다. 요즘에는 경쟁적으로 벚꽃축제를 하는 뉴스를 보게 된다. 벚꽃은 삼사일 간 활짝 피었다가 이삼일 사이에 지는 성급한 특성이 있다. 벚꽃은 일시에 만발하는 게 일품이다. 그래서 화려한 것을 좋아하고, 변덕을 잘 따르는 시대정신에 잘 어울리는 꽃이라 하겠다. 향기가 없어 풍격이 떨어지는 게 흠이다.

문득 귤꽃의 운명을 생각하게 된다. 밀감꽃은 밀감나무의 무성한 잎 사이에 피어 화려하지는 않으나 향기가 뛰어나다. 게다가 그 열매는 제주도민의 삶을 풍요롭게 한 공헌이 지대한 꽃이다. 지난 50여 년 동안 밀감의 공헌도를 생각하면 축제를 받을 만한 꽃이 아닌가 싶다. 밀감꽃 덕분에 우리는 지긋지긋한 가난을 떼어 버리고 가슴을 펴고 풍요롭게 살 수 있었다. 사실 밀감 꽃이야말로 축제를 받아야 할 꽃이다.

우리의 선인들은 어떤 기준으로 좋은 초목과 꽃을 선택했을까. 살펴보는 것도 의미 있는 일이라 생각된다. 선인들은 매화, 난초, 국화, 대나무, 소나무, 측백나무, 연꽃 등을 좋아하여 정원이나 분에 심어 곁에 두고 사랑했다. 이 초목의 특징을 살펴보면 선인들의 마음을 헤아릴 수 있다.

매화는 겨울이 끝날 무렵이면 눈이 내리는 추위를 무릅쓰고 꽃을 피우고 그윽한 향기를 보내면서 봄이 오기를 재촉한다. 추위를 극복하고 맨 먼저 피는 꽃의 그 은은한 향기, 추위에 굴하지 않는 굳은 의지는 참으로 군자다운 모습이 아닌가! 시인은 "매화는 일생을 추위 속에 피면서도 그 향기를 팔지 않는다梅一生寒不賣香."라고 노래했다.

난초는 깊은 계곡 숲속에서 자라, 아무도 알아 주는 이 없어도, 아름다운 꽃을 피우고 맑은 향기를 멀리 보낸다. 알아 주는 이 없는 곳에서도 고고孤高한 처신, 그게 바로 신독愼獨이다. 이 또한 군자의 모범이다. 그래서 선비는 난분을 아끼는 것이다. 천자문에 사란사형似蘭斯馨, 즉 난같이 향기로워라 라고 했다.

국화는 추위와 서리를 이기고 쌀쌀한 찬바람이 부는 길가에 홀로 피어 있는 모습은 참으로 고상하다. 추위와 찬서리를 극복하는 그의 성품은 강한 인내력과 굳은 의지를 느끼게 한다. 지조 높은 군자의 벗이 될 만하지 않은가. 시인은 "서릿발 속에서도 외로이 절개를 지킨다傲霜孤節고 했다."

대나무야말로 군자 중의 군자다. 대나무는 그 몸이 둥글어 원

만하고 윤기가 있어 단정하다. 바람에 흔들리면서도 결코 꺾이지 않는다. 사시사철 푸르러 변색하지 않고, 그 속은 비어 있고 희다. 마음을 비우기가 쉬운 게 아니다. 어찌 우리의 스승이 될 만하지 않은가. 소동파는 말했다. "식탁에 고기 없는 것은 좋으나, 정원에 대나무 없으면 안되지, 고기 없으면 사람이 야위고, 대나무 없으면 선비가 속된다오. 사람이 야윈 것은 고칠 수 있으나 선비가 속되면 고칠 수 없다네."라고.

위의 매·란·국·죽을 사군자라 한다. 그래서 시를 짓고 그림으로 그리거나 실물을 곁에 두고 벗을 하며 자신의 마음을 다스렸다. 한데 지금은 즉흥적인 향락을 쫓는 사람들이 많다. 옛 선비들처럼 고매高邁한 정신을 마음에 축적하려는 데는 관심이 점점 희미해지는 것 같은 생각이 든다.

소나무와 잣나무 [松柏] 도 선비가 좋아하는 나무다. 송백松柏은 화려함과는 거리가 먼 나무다. 사절 변함없이 푸르러 그 절개가 굳은 것이 사람의 마음을 감동시킨다. 논어에 추운 계절을 만난 후에야 송백의 끈질긴 지조를 알 수 있다歲寒然後知松柏之後凋也고 했다.

지금까지 살펴본 초목은 환난患難 속에서도 지조를 굽히지 않고 절개를 지키는 군자다운 꽃과 초목이다. 이로써 우리 선인들은 굳은 의지와 절개를 사랑했다는 것을 알 수 있다.

연꽃은 진흙탕 속에 자라면서도 더러움에 물들지 않는다. 타락한 세속에 살면서도 세속에 물들지 않고 오히려 타락한 세속을 정화시키는 고승을 닮으니 불자들이 더욱 사랑하게 되었다.

선조들이 사랑했던 꽃과 나무를 살펴보았다. 사람은 무엇을 좋아하고 사랑하는가를 보면 그 성품을 알 수 있다. 환한 벚꽃 축제에 모여드는 사람들은 추운 겨울에 움츠렸던 마음을 활짝 펴고 화려한 벚꽃과 더불어 새봄을 즐기는 시간이 되었으면 한다.

가정이 바로서야 1

아동 학대가 사회문제화되었다. 아동 학대는 자녀 학대로 번져 가고, 자녀 학대는 점차 자녀 학살로 그 잔인성이 더 해 가는 추세다.

왜 이런 전대미문前代未聞의 비극이 일어나고 있는가? 자녀는 귀엽고 소중한 존재다. 자신의 뒤를 이어 살아갈 희망이며 가문의 대를 이어갈 귀한 보배다. 자식을 못 낳아 대가 끊어지는 것은 부모로서는 절망이다. 자손이 끊어져서 조상의 묘를 관리하지 못하고, 향사享祀조차 끊기는 것은 비극이 아닐 수 없다.

그러므로 부모는 자식을 낳아 건강하고 후덕한 인품을 갖춘 인물을 만들려고 한다. 경제가 여의치 않아도 자식을 성실하고 건강하게 키우려 온갖 고생을 감수한다. 그리고 결혼을 시키고 자손이 번성하기를 소망한다. 부모는 늙으면 자식에게 노후를 의지하여 여생을 마치기를 희망한다. 이와 같이 부모와 자식은 서로 아름답고 탄탄한 의존 관계에 있었다. 그 의존 관계의 아름다운 밑받침은 사랑과 효도다. 부모는 자식을 사랑으로 잘 양육하고 자식은 부모를 효로써 보은한다. 부모와 조상을 잘 모시는 것은 자기를 낳아 잘 키워 준 데 대한 보답이기도 하지만 자기 자신도 부모의 자식인 동시에 자식의 부모요, 후손들의 조상이기 때문이다. 이와 같이 효도와 사랑을 끊임없이 이어가는 것이 가정이다. 그러므로 자식을 낳아 정성을 다하여 교육시키지 않을 수 없다.

여기에 정부가 끼어들었다. 정부가 관여하려면 깊이 연구하고 서서히 그리고 최소한으로 관여했어야 했다.

그러던 가정사에 정부가 관여하면서 어긋나기 시작했다. 산아 제한을 하더니, 돈을 주어서 출산 장려를 하고, 늙은 부모는 요양원에 보내어 자식들을 편하게 하였다. 그래서 부모와 자식 간의 상호 의존 관계가 허물어지기 시작했다.

그리고 정부는 놀고 즐기는 문화를 권장하였다. 국민의 행복 추구 욕구를 충족시키면서 내수를 진작시키려 했다. 결과는 젊은이들은 놀고 즐기는 습관이 몸에 배어 출산을 기피하고 노부모의 재산만 노리면서 노부모를 요양원에 보낸다. 자식은 즐기면서 자신의 행복만을 중시하게 되었다. 예의염치는 찾아볼 수 없다.

놀기를 좋아하면 사람이 타락한다. 놀고 즐기는 데는 많은 돈이 필요하다. 결국 근로 시간을 줄이고 보수는 많이 달라고 한다. 게다가 자식은 낳지 않는다.

자식은 낳아 30년 동안 뼈 빠지게 벌어다가 키우면 효도는커 녕 부모의 재산만 탐내어 부모를 죽일지도 모른다. 자식이 무슨 소용인가? 나는 늙으면 요양원에 가면 된다.

무식하게 살 때도 이런 일은 없었다. 대학교육이 무슨 소용인 가.

정부는 자식을 낳으면 돈을 주겠다고 한다. 어리석은 수작이 다. 부모에게 필요한 자식은 효자다. 부모와 조상을 위하는 자 식이야말로 부모가 바라는 자식이다. 효자는 교육을 통하여 육 성된다. 하지만 교육부터가 타락했다. 학교는 사람의 품성을 도 야하는 곳이라야 한다. 그래서 비로소 가정도 사회도 국가도 안 정을 얻게 된다.

정치인은 표 장사꾼이다. 국민의 혈세를 짜다가 표 놀음하는 사람들이다. 모든 것은 국민을 위한다고 한다. 그건 새빨간 거 짓말이다. 그들은 자기에게 표가 나올 곳에 혈세를 뿌린다. 표 가 나오지 않을 곳에는 생색을 낼 뿐 지원하지 않는다. 사색당 파 정신을 잘 이어 가는 사람들이 정치인이다.

나라가 잘되려면 가정이 흔들림 없이 바로서야 한다. 가정이 바로 서는 초석은 효도와 사랑이다. 그리고 수신제가修身齊家를 중시해야 한다. 지금 우리의 교육이 건전한 가정을 이루는 데 기여하고 있는가? 어떤가? 교육자는 효자인가?

이런 교육자를 만든 것도 교육의 결과다. 논문 표절의 최고 권위자가 교육부 장관이 되었다. 염치가 없어도 정도 문제다.

(2017)

돈 이야기 2

돈이 좋기는 좋은 것 같다. 방송이나 신문들이 우리는 세계 10대 무역국이고, 지엔피는 얼마고, 미국에서 활약하는 야구 선수 박 모는 몇 백 억을 벌었고, 영국에서 뛰고 있는 축구 선수 박 모는 일 년 몸값이 몇 십 억이고, 등등 사람을 평가함에 있어 언제부턴가 자연스레 돈 잣대로 재어서 평점을 매기게 되었다.

그러한 평가가 어쩌면 타당한 것도 같고, 시대정신에도 맞는 것 같다. 경제는 배부르고 등 따숩게 해 주는 유일한 수단이기 때문이다.

"그 젊은이 후덕한 청년이라, 또 그 총각 신의 있고 성실해." 이런 인물평은 고리타분한 촌스러운 평이 되었다. 돈 없는 총각은 아무리 심성이 착하고 성실해도 장가 갈 희망을 접어야 하는 시대다. 수염이 다섯 자라도 먹어야 양반이라는 속담이 빛을 발한다. 실속 없이 수염만 길어서는 안된다는 것이다. 생명을 걸고 사선을 넘어온 탈북자들도 돈을 벌어서 남처럼 어깨 쭉 펴고 잘 살아 보려는 달콤한 희망이 있기 때문이리라,

그런데 그 돈이라는 것이 어찌나 눈치가 빠른지 누구의 호주머니 속에나 함부로 들어가려 하지 않는 것이 탈이다. 한쪽에서는 한 끼 먹을 양식도 모자라 죽지 못해서 사는데, 다른 쪽에서는 과분한 쾌락을 탐닉한다. 돈이 이런 현상을 부추기는 주범이다.

요즈음 매우 우려되는 말세적 현상이 진행되고 있다. 그것도 경제적으로 여유가 있고 고학력 계층에서 일어나는 현상이라, 인류가 불원간에 멸망할 징조인 것 같다. 보도에 의하면 우리나라 출산율이 세계 최하위라 한다. 여성들이 출산을 기피하는 것은 보통 심각한 문제가 아니다. 외국 여자를 수입할 수밖에 딴 도리가 없다.

조물주는 공평하여 좋은 것과 나쁜 것을 혼합하여 만물을 설계하였다. 모든 생명체가 종족번식의 고통을 기피하지 않도록 성행위에 최고의 쾌락 재료를 첨가한 것이다. 만물은 하늘의 이치에 따른다. 하지만 유독 인간은 자연의 순리에 따르지 않고, 비아그라를 복용하며 쾌락의 양은 증폭시키면서 성행위를 쾌락만을 위한 것으로 왜곡하여. 출산의 고통은 거부한다.

경제 사정이 열악했던 5, 60년 전에는 자식을 많이 낳는 것이 가정의 축복이었다. 경제 사정이 나아지면 출산한다는 말은 믿을 수 없다. 왜냐하면 돈이 많으면 세계 일주도 하고, 골프 여행도 하고 도박 여행도 하면서 마음껏 인생을 즐기려할 터이니 말이다. 젊은 때에 놀고 싶은데 아이를 낳아서 양육하는 것은 즐기는 데 심각한 걸림돌이 되기 때문이다.

돈은 필요한 것이기는 하나 사람을 순리에서 일탈시키는 고약한 독소를 함유하고 있다. 사람 나고 돈 났지, 돈 나고 사람 났냐? 란 말은 시대착오적인 말이 되었다. 돈은 고가 상승하고 사람은 저가 하락하고 있는 현실이다. 인간이 매우 존귀한 존재라는 말은 구시대의 가치관에서 나온 시대착오적 말이다. 자식이 소중한 존재라면 가정마다 두세 명의 자식을 낳을 것이다.

돈이 참 좋기는 한데 너무 과신하다 보면 그 속에 멸망의 함정이 숨어 있어, 맹수보다 무서운 존재란 것을 알았을 때는 이미 늦어 후회하게 될 것이다.

돈은 우리의 생활에 매우 유익한 존재다. 돈이 인간생활을 가치 있게 선용할 수 있을 때만 이로운 것이요. 이와는 반대로 돈으로 말미암아 인간의 양심과 도리가 뒤틀리게 되면 그 소중한 돈은 인간을 파멸시키는 무서운 적으로 변할 것이다.

(2009)

귀뚜라미와 매미

귀뚜라미 소리가 더욱 그리운 것은 나이 탓인가 보다. 후끈후끈한 찜통더위가 연일 심신을 괴롭히니 맑고 가냘픈 귀뚜라미 소리를 애타게 기다리게 되는구나!

귀뚜라미는 몸뚱이는 작고 더듬이는 길어서 풀이나 나무 위에 오르는 일은 거의 없다. 풀포기 아래나 돌담 사이에서 살아가는 작은 벌레에 불과하다. 하지만 그의 노래의 위력은 대단하다. 이 작은 곤충의 청아한 노래는 서늘한 바람을 몰아오고 가을을 불러들이는 힘이 있기 때문이다.

뜨거운 여름도 그럭저럭 반이 지나 말복이 되면 나무 위에서 소리 높여 외쳐대는 매미소리를 듣게 된다. 하지만 별로 반갑지 않은 것은 웬 까닭일까. 매미는 소리만 우렁찰 뿐 더위를 물리치는 데는 전혀 도움이 되지 않는다. 실속 없이 고성을 남발하여 달콤한 낮잠을 훼방할 뿐이다.

폭염이 무서워하는 것은 크게 외쳐대는 소리가 아니라 맑고 가냘프면서 속삭이듯 여리고 고운 소리이다.

풀잎이나 돌담 밑의 낮은 곳에서 은쟁반에 구슬을 굴리 듯 귀뚜라미의 맑은 노랫소리가 들리기 시작하면 기세가 등등하던 가마솥더위는 더위를 싸들고 뒷감당은 가을에 맡기고 줄행랑을 친다.

튼실하게 여문 오곡백과를 물려받은 가을은 거기에 다양한 채색을 가하여 멋을 내는 예술가요, 숙련된 요리사의 역할을 한다. 모든 결실들을 그 특색에 적합한 물감을 칠하고 맛을 내어 사람의 입맛을 돋운다. 요놈은 빨간 물감을 칠하고 달콤한 맛을 내며 이놈은 노란 물을 들이고 새콤한 맛을 내고 이 녀석은 보라색을 칠해서 시원한 맛을 내는 등등, 색을 입히고 맛을 내어 아름답고 구미를 당기게 하는 예술가요, 요리사로서의 역할을 다하는 것은 가을의 몫이다. 그뿐만 아니라 산야를 화려하게 단풍으로 치장하여 놀이마당을 마련하기도 한다. 시인들은 가을이 마냥 좋았던 것 같다.

귀뚜라미도 맑고 고운 음악을 연주하여 우리의 마음을 편안하고 서늘하게 한다. 더욱 맑아진 가을은 사람의 마음을 깨끗이 닦아 준다. 나뭇잎을 한 잎 두 잎 흩날리면서 인간으로 하여금 조용히 사색에 잠기게 하여 정신을 한 단계 성숙하게 하는 역할을 한다.

소동파蘇東坡는 강월조아심 강수세아심江月照我心 江水洗我眼이라 노래했다. 아심은 선계의 마음이요, 아안 또한 선계의 눈

일 것이다. 가을이 되면 생각하는 마음과 세상을 보는 눈이 선계에 이른 것이 아닐까?

아무튼 귀뚜라미는 그 맑고 가냘픈 목소리로 더위를 물리친다. 그렇게 맹위를 떨치던 더위도 귀뚜라미의 맑은 소리에는 고분고분 순종한다. 그 가마솥 불더위라고 불리던 고열을 보따리에 싸 들고 흰 구름 저 북쪽으로 슬금슬금 소리 없이 물러가는 것을 보면 알 수 있다.

더구나 가냘프고 맑은 목소리로 그 뜨거운 열기를 물리치다니! 약한 것이 능히 강한 것을 제압한다. 즉 유능제강柔能制剛이란 말이 실감이 난다. 뜨겁고 강한 것을 순화시키는 데는 큰 소리로 거칠게 다루는 것보다, 맑고 부드러운 소리로 다루어야 효과적이란 이치를 일깨운다. 그러고 보니 귀뚜라미는 군자요, 현명한 스승 같기도 하다. 눈에 띄게 밖으로 나서는 일도 없이 염위炎威를 제압하는 능력이 얼마나 탁월한가!

시경에 '딱딱한 것은 뱉고 연한 것은 삼킨다. 즉 토강여유吐剛茹柔'란 말이 있거니와 우리에게 유익한 것은 과격하고 딱딱한 것이 아니라 여유 있고 부드러운 것이다.

(2015)

걸레

걸레라고 하면 우선 불결한 느낌이 든다. 지저분하면 걸레짝 같이 더럽다고 한다. 걸레는 방 청소를 해서 집안을 깨끗이 하고 자기의 몸을 더럽힌다. 걸레는 자기를 희생하면서 남을 깨끗이 한다. 걸레가 늘 깨끗하면 집안이 더러워진다. 요즈음에는 예쁜 자동청소기가 보급이 되어 빗자루와 걸레는 점차 그 설 자리를 잃고 있다. 하지만 장구한 세월 동안 우리의 주변을 청소하여 깨끗이 해 준 걸레의 공로는 매우 크다. 그리고 구석구석 먼지를 닦아내는 데는 걸레 만한 게 없다.

그런데 사람의 마음에 물을 뿌리고 깨끗이 닦을 걸레가 있다면 만금을 주고도 구입해야 할 것이다. 더러워진 마음을 청소하는 게 여간 어려운 게 아니다. 지금 우리나라의 실상을 살펴건대, 국민의 마음속은 이기주의와 탐욕, 부정부패로 가득 차서 많이 더러워져 있다. 이런 현상은 어느 시대에나 있었지만 현실은 그 정도를 너무 초과한 것 같다.

자식이 부모를, 부모가 자식을 죽이는 짐승만도 못한 인간 아닌 인간이 많아지고 있다. 전대미문의 말세적 현상이다. 정부도 돈으로 모든 것을 해결하려 한다. 국민의 혈세를 뿌려 게으른 자의 환심을 사려 한다. 얄팍한 수단이다. 게다가 자기의 잘못은 덮어두고 남의 잘못은 침소봉대하여 잡아 조진다. 정부 자신도 도덕적 정부가 아니다. 정치에는 '관용·아량' 같은 단어는 보이지 않는다. 정치가 깨끗해야 나라가 바로 설 터인데. 아쉽기만 하다.

부모가 자식을 체벌하거나 스승이 제자를 체벌하면 경찰에 고발하라고 한다. 그래서 부모와 자식 간의 의리를 끊어 가정을 무너뜨리고 있다. 스승과 제자의 관계도 소원해졌다. 이런 비도덕적 행위를 인권 신장으로 미화한다. 교과서는 진실을 담아내지 못 하고 있다. 이렇게 하고도 바른 나라가 되기를 바라는 것은 쓰레기통에서 장미꽃이 피기를 바라는 것과 무엇이 다른가?

이런 망국적 현상을 막으려면 자라나는 후세들의 마음의 때를 물 뿌리고 깨끗이 닦아야 하겠다. 닦는 걸레는 있으나 청소부(교육자)가 없는 게 문제다. 지금 교육계에는 마음청소부 즉 진실한 교육자가 많지 않다. 학생의 마음을 닦는 게 아니라 구정물을 뿌려 더럽히고 있는 게 아닌가? 우려하게 된다.

재질이 좋은 걸레가 있는데도 청소부가 없으니 소용이 없다. 실은 사람의 마음을 깨끗이 닦아 선량하게 할 걸레는 많다. 당나라 백낙천의 시에 '심전쇄소정무진心田灑掃淨無塵'이란 문구가 좋아 몇 번 예서로 쓰면서 생각했다. 마음 밭에 물 뿌리고 쓸어 티끌이 없이 깨끗이 한다.'는 뜻이다.

사람이 살아가는 데는 육체가 건강해야 하고 마음이 선량해야 한다. 주변을 돌아보면 육체의 건강을 위해서 영양가 많고 맛있는 음식을 찾아 먹고 운동을 한다. 그리고 의술이 발달하여 대부분의 병은 치료할 수 있어 100세 시대가 눈앞에 보인다.

하지만 마음을 깨끗이 하는 것은 점점 나태해지고 있는 게 현실이다. 유치원부터 대학까지 훌륭한 시설과 엄청난 돈을 투입하였으나 사람의 심성을 깨끗이 하는 데는 실패하고 있다. 교육은 도덕을 걸레삼아 마음을 덕스럽게 닦고 필요한 지식을 쌓아 이를 이용하는 능력을 길러야 하는데 사람이 갖추어야 할 도리에는 관심이 없고 지식과 행락과 돈 계산에만 혈안이 되었다. 지식만을 긁어모으는 것이 얼마나 무서운 결과를 낳는지 두렵다.

옛 성현은 심성을 닦는 걸레를 만드는 데 전력을 기울였다. 인의예지신仁義禮智信. 수신제가치국修身齊家治國은 동양인의 심성을 닦는 걸레였다.

(2017)

4부

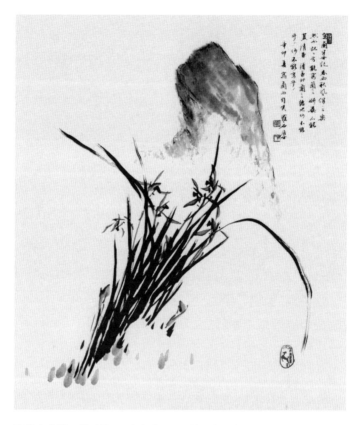

綠葉靑蔥傍石栽 孤根不與衆花開 酒闌展卷山窓下 習習香從紙上來
　푸른 잎의 난을 돌 곁에 심었는데 외로운 뿌리는 다른 풀꽃과 더불어 꽃 피우지 않았다. 술자리 산창 하에 그림을 펼치니, 紙上에서 솔솔 향기가 나네.

성궁기계省躬譏誡 2

천자문에 '성궁기계省躬譏誡'란 글귀가 있다. 차례로 한 자 한 자의 뜻을 풀이하면, 省살필 성, 躬자신 궁, 譏꾸짖을 기, 誡경계할 계이다. 이를 풀이하면 '스스로 자신을 살펴서 잘못에 빠지지 않도록 꾸짖고 경계하라.'란 뜻이다

회갑이 되어 나의 서도 생활을 심각하게 반성하였다. 환갑이 될 때까지 이루어 놓은 게 너무 초라한 것이다. 분발해 보려고 궁리 끝에 나의 호 탐라돌[羅石]을 쓰지 않고 '부끄러운 라' 자를 써서 부끄러운 돌로 고쳐 쓰면서 분발하고자 하였다. 그 후 '부끄러울 라' 자는 컴퓨터에서는 찾을 수 없어 쓰지 않고 있다. 그 다음 나의 부덕함과 노력의 부족함을 반성하여 석우인石迂人 (돌멩이처럼 어리석은 사람)이라 자호하였다. 하지만 게으른 습성은 버릴 수 없다. 아호를 고쳐서 분발하려는 생각은 소득을 얻지 못했다. 결국 탐라耽羅 돌멩이의 뜻을 담은 라석羅石을 제일 많이 쓰고 있다.

환갑을 2년이 지나서야 뜻밖에 제주도 문예회관에서 초청 전

을 열어 주어서 나의 환갑 전시를 많은 분들과 같이 즐길 수 있었다. 다른 작가들도 대동소이겠지만 나는 개인전을 할 때는 열심히 하는 편이다. 국민의 혈세로 전시관을 지어 주고 전시에 필요한 경비도 일부 지원해 주기 때문이다. 그러므로 더욱 정직하고 부지런한 작가가 되어야 한다고 생각한다.

하지만 늘 부족한 것은 나 자신이다. 벌써 인생의 가을인데도 수확 실적이 초라함을 뼈저리게 느끼고 반성의 그림을 그리면서 분발하고 있기는 하나 미흡하다. 그림을 그려서 분발하고자 하여 게으른 농부가 키운 열매 없는 초라한 나무 아래 힘없이 앉아 장탄식하는 게으른 농사꾼을 그려 자책自責했다. 그러나 지나간 세월을 돌이킬 수 없으니 이를 어찌 할꼬? 모든 게 개으른 나 자신 탓일 뿐이다. 굶고 헐벗은들 누구를 원망할 것인가?

그 후 나는 이 그림을 보면서 자주 더욱 열심히 노력하려고, 대외 활동을 자제하게 되었다. 작가는 작품을 제작하는 사람이니 작품 제작에만 정신을 집중해야 한다고 생각했기 때문이다.

그래서 노력한 결과 1000여 점의 작품과 많은 임서첩臨書帖을 남길 수 있었다. 그리고 2010년에는 중국 산동성에서 한중 미술교류전에 일찍이 써 두었던 행서 작품 어부도漁父圖(70×200)를 출품해서 한·중 양국에서 최고라는 평가를 받기도 했다. 중국뿐 아니라 일본 작가들까지 나의 작품을 좋아한다고 출품을 간곡히 요청하니 그에 응하게 된다. 그래서 한국 서단의 위상을 높이는 데 작은 공을 세우게 되었다.

나의 서도가로서의 긍지와 보람이라면 필법筆法 연구에 매진하여 바른 필법을 제자들에게 전수한 점이다. 필법의 수련은 이론과 같이 쉽게 되는 게 아니었다. 하지만 노력은 결코 헛되지 않는다는 것을 새삼 느끼게 되었다. 바른 서도가가 되려는 신념 때문에 상을 구걸한 바 없다.

성궁기계省躬譏誡는 말처럼 쉬운 게 아니다. 자기의 잘못을 반성하고 고치기보다 잘못을 합리화하고 변명하는 게 유익하기 때문인 것 같다.

(2005)

실언失言

　공자가 서거하자 자사子思는 산림 속 늪지대에서 어렵게 살고 있었다. 자공子貢은 위衛나라의 재상으로 있으면서 어느 날 사두마차四頭馬車를 타고 기마 호위병과 함께 옛 동문수학한 벗 자사子思를 찾아가 인사를 했다. 자사는 떨어진 갓과 남루한 옷을 입고 그를 맞았다. 자공은 그의 초라한 모습을 보고 안타까워하며 말했다.

　"병색이 엿보이는군요."

　"나는 〈재물이 없는 사람을 가난하다 하고, 도道를 배우고도 실행하지 못하는 사람을 병들었다.〉 한다고 들었소. 나는 비록 가난하기는 하나 병들지는 않았소."

　자공子貢은 몹시 부끄러워하며 마음 아파했다. 그 후 평생토록 이때의 실언을 잊지 않았다. 이들은 공자 문하의 동문이다. 과연 공자의 제자다운 어진 분들이다. 자사의 경우를 보자. 그는 가난하게 살면서도 그의 사상과 호연지기浩然之氣는 조금도 위축되거나 흐트러짐이 없이 떳떳하였다. 자공은 재상의 자리에 있으면서도 교만함이 없어 자기의 실언을 부끄러워하여 평생을 잊지 않았다. 이 얼마나 아름다운 모습인가! 지금은 이런 모습을 볼 수가 없구나. 심장에 털 난 사람이 행세하는 세상이다.

자용子容은 시경을 읽고 〈흰 구슬의 흠은 갈아 없앨 수 있으나, 말의 흠은 어찌할 도리가 없다.〉를 되풀이해 읽고 평생 말 조심하였다. 다 어진 분들이다.

지금 우리나라의 현실은 어떤가? 우리 주변에는 대부분 대학을 나온 지식인이다. 대학 졸업자가 많을수록 세상 분위기는 험악하고. 인심은 각박하다.

그 많은 교육세를 투입해서 초 · 중 · 고 · 대학 · 대학원 문을 나왔는데 세상 꼬락서니가 이게 뭐람. 교육부 장관은 논문 표절 챔피언이고.

(2018)

칭찬과 충고

세속 인심이 어쩌면 이리도 각박하고 조석으로 변덕스러울 꼬? 사람들 상호 간에 오고 가는 대화가 깨진 유리조각처럼 싸늘하고 날카롭구나. 이렇게 인간관계에 있어 칭찬보다 비방과 증오의 말이 범람하는 현실을 안타깝게 여긴 뜻 있는 인사들은 칭찬의 말을 많이 하라고 권고한다. 질책보다 칭찬을 들으면 유쾌하고 고무되는 것은 인지상정이다. 그러므로 찬사가 많을수록 사회는 화기가 넘칠 것이다.

하지만, 착한 사람을 좋아하고 선행善行을 찬양하면서 악인을 멀리 하고 불선을 경계하는 것이 아름다운 공동체를 이루는 데 필수조건이 아닐까? 칭찬의 남발은 자칫 정사正邪와 선악의 혼돈을 확산시킬 것인즉, 칭찬이 지선至善일 수는 없다 고 하겠다.

일찍이 공자께서 말씀 하시기를 "오직 어진 사람만이 사람을 사랑할 수도 있고 미워할 수도 있다子曰 唯仁者 能好人 能惡人."라고 하셨다. 이 말을 깊이 생각해 보면 선인을 좋아하고 악인을 멀리하는 것이 그리 용이한 일이 아니다. 선악을 계측하는 바른 잣대를 가지고 공정하게 측정하는 것은 어진 사람만이 능히 할 수 있는 일이다. 그러므로 착한 사람을 착하다 하고 불선한 사람을 나쁘다고 할 수 있는 사람은 진정한 인자仁者라고 할 수 있다.

소인배들은 선악을 분별할 때 잣대를 거꾸로 재거나 엉터리 잣대를 사용하는 사례가 허다하다. 그래서 현실은 아름다움과 더러움 그리고 선악善惡이 혼돈되어 분별이 모호한 실정이다. 분별력이 부족하여 잘못 평가하는 거야 불가항력이라 할 수 있으나 코드가 맞으면 추醜를 미美라 하고 흑을 백이라 하며, 선악의 위치를 바꿔치기하는 일이 있음을 보게 된다. 반대로 코드가 틀리면 아름답고 착해도 오물을 뒤집어씌운다. 높은 수준의 교양을 갖춘 사람이라 해도 이해득실의 경계 선상에서는 이利의 달콤한 유혹을 뿌리칠 수 있는 사람이 많지 않다. 그러므로 인자仁者가 아니고서는 능히 선인을 좋아하고, 악인을 미워하지 못할 것이다.

그리고 대부분의 사람들은 남의 충고를 수용하기를 거부한다. 입에 쓴 약이 병에 좋다는 말이 있으나 너무 단맛에 길들여져 쓴 것은 거부하니 마음병을 고치기가 매우 어렵다. 남의 충고를 수용하여 개과천선改過遷善하고 지과필개知過必改하는 것도 어진 사람만이 할 수 있을 것이다.

어쨌거나 선행을 상찬하고 악행을 징벌하는 것을 멈출 수는 없을 것이다. 그것이 법에 의하건, 교육에 의하건, 공동체의 평화와 정의를 실현하기 위해서는 불가피하기 때문이다.

사람을 바르게 인도하기 위하여 교육이라는 기능이 있고 법의 규제가 있다. 생각건대 교육자와 법관이 인자仁者가 아닐 경우에는 학교와 법정이 오히려 불선의 온상이 될 수도 있다. 우리의 현실이 그렇다고 하겠다.

불가佛家에 구사口四란 말이 있는데 즉, 망언妄言, 기어綺語, 악구惡口, 양설兩舌이 그것이다. 근자에 윗물이 구사口四에 해당 됨 직한 썩은 물을 마구 쏟아 내니 악취가 진동한다. 어찌 아랫물이 맑기를 바라리오.

그러나 맑은 세상이 우리의 소망이라면 우리들 모두가 칭찬보다 고언을 수용하고 쓴 소리 하는 사람의 말에도 애정의 양념을 쳐서 부드럽게 귓속에 잘 들어가게 하여야 진정한 충고가 되어 상하좌우에 따뜻한 훈풍이 불어 화기가 넘칠 것이다.

(2007)

관중론管仲論

　소순蘇洵이 관중管仲을 비판한 글이 있다. 소순蘇洵은 유명한 적벽부赤壁賦의 작가요, 당송팔대가唐宋八大家의 한 사람인 소동파蘇東坡와 그의 아우 소철蘇轍의 부친이요. 소순蘇洵 자신도 당송팔대가唐宋八大家의 한 사람이다. 놀라운 것은 이 삼부자三父子가 모두 당송팔대가이니 문호文豪의 가문으로서 역사에 이런 영광을 누린 집안은 다시 볼 수 없다. 이 삼부자 가운데서도 우리에게 잘 알려진 분은 소동파蘇東坡다. 동파東坡는 소식蘇軾의 아호雅號다. 그의 작품 '적벽부赤壁賦'는 모르는 사람이 없을 정도로 유명하다.

　소동파의 부친인 소순이 역사에 그 명성이 드높은 관중管仲을 비판한 글을 썼으니, 흥미롭다. 관중은 춘추시대의 혼란 속에서, 제나라의 재상宰相으로 제齊나라의 국력을 크게 길러 제齊 환공桓公을 많은 제후들 가운데서 으뜸의 자리에 올려놓은 중국 역사에 그 이름이 찬란한 정치가다. 게다가 우리에게는 '관포지교管鮑之交'란 아름다운 우정의 모범을 보인 인물이기도 하다. 관포지교란 관중과 포숙아鮑叔牙의 아름다운 우정을 말한다.

대문호 소순이 청사에 그 이름이 빛나는 관중의 잘못을 논한 글을 써서 남겼으니 읽어 보면 새롭고 유익한 지혜를 얻을 수 있지 않을까? 입 안에 군침이 고인다. 그럼 그의 관중론을 읽어 보기로 한다.

"전략… 관중은 제齊나라 환공桓公의 재상이 되어 제후들 가운데서 환공을 패자霸者가 되게 하였고, 오랑캐들을 물리쳐서 그의 평생 동안 제나라가 부강하여 제후들이 감히 배반하지 못하게 하였다. 관중이 죽자 견조堅刁·역아易牙·개방開方 세 사람이 임용되어 위공威公은 혼란 중에 죽고 다섯 명의 공자公子들이 왕위를 서로 다투어 그 화가 간공簡公에 이르기까지 제나라는 편안한 날이 없었다.

모든 공로가 이루어지는 것은 그것을 이룬 날에 모두 이룩된 것이 아니라 반드시 이룩된 연유가 있는 것이다. 화가 일어난 것도 화가 일어난 날에 모두 일어난 게 아니다. 꼭 그것이 시작된 근원이 있는 것이다. 그래서 제나라가 잘 다스려졌던 것이 관중 때문이 아니고 포숙아鮑叔牙 덕분이라고 주장한다. 관중을 천거한 사람이 포숙아이기 때문이다.

제齊 나라가 혼란에 빠지게 된 것은 견조堅刁·역아易牙·개방開方 때문이 아니라, 관중管仲 때문이었다고 나는 말하는 것이다. 왜 그런가 하면 견조·역아·개방 세 사람은 본시가 나라를 어지럽힐 소인배들이었고 바로 그들을 임용한 사람은 위공威公이었기 때문이다.

순舜 임금이 있었기 때문에 사흉四凶(네 악인 환두驩兜 · 공공共工 · 곤鯀 · 삼묘三苗)을 추방할 줄 알았던 것이고 공자가 계셨기 때문에 소정묘少正卯를 제거할 수 있었던 것이다. 저 위공은 어떤 인물인가? 그런데 위공으로 하여금 그 세 사람을 임용할 수 있도록 한 것은 관중이었다.

관중이 병이 났을 때 위공威公이 그에게 재상감에 대하여 물었다. 만약 내가 관중이라면 천하의 현명한 사람을 천거했을 것이다. 관중은 "견조 · 역아 · 개방은 인정이 없으니 가까이 해서는 안됩니다."라고 말했을 뿐이다. 아! 관중은 위공이 과연 그 세 사람을 쓰지 않으리라고 생각했던 것일까? 관중은 위공과 함께 오래 지냈으니 위공의 사람됨을 잘 알았을 것이다. 위공은 귀에 음악을 끊지 않았고 미색美色을 끊지 않았던 사람이었다. 그들 세 사람이 아니면 위공이 그런 욕망을 채울 수 없는 처지였다. 그럼에도 위공이 그들을 쓰지 않았던 까닭은 다만 관중이 있기 때문이었다. 관중이 없으면 그 세 사람은 벼슬을 하려고 수단 방법을 가리지 않을 것이다. 관중은 죽음에 임해서 한 그의 말이 위공의 팔 다리를 붙들어 매어둘 수 있다고 생각한 것일까? 제齊나라는 세 사람이 있는 것이 환난이 되는 것이 아니라 관중이 없는 것이 환난이 된 것이다. 관중이 있으면 이들 세 사람은 필부匹夫일 따름이다. 천하에는 세 사람과 같은 무리들이 많이 있다. 비록 위공이 관중의 말을 듣고 이 세 사람을 처형했다 해도 그 나머지 소인배들을 헤아려 다 제거시킬 수 있었겠는가?

아! 관중은 근본을 모르는 사람이라고 할 수 있다. 위공의 질문에 천하의 현명한 사람을 추천함으로써 자신을 대신하게 하였다면, 관중이 죽더라도 제나라는 관중이 있는 것과 같았을 것이다."

과연 명쾌하다. 소순의 관중론은 우리에게 많은 깨우침을 준다. 오늘날 우리나라가 이렇게 어지러운 것은 지식은 있으되 덕이 모자라고 윤리 의식이 없는 견조·역아·개방과 같은 무리들이 교단에서, 정계에서 그리고 소위 지도층에서 활동하고 있기 때문이다. 나라의 기강이 어지러운 것은 윗물이 너무 탁한데 그 원인이 있다. 그 더러운 물이 오래 동안 내려와서 모든 물을 썩혀 가는 과정에 있는 것이다.

순진한 농민이 사회를 어지럽히는 것을 본 일이 없다. 정치인 지식인들이 선동하고 부정한 일을 꾸민다. 학벌이 높다 해도 덕이 모자란 사람을 중요한 자리에 쓰면 결국 그로 말미암아 나라는 몸살을 앓는 것이다. 군 장성이 무기 불량화의 주역이 되었으니 이 나라 국방이 제대로 될 까닭이 있겠는가. 기억력이 뛰어나 시험답안지를 잘 쓰고 아첨에 능하고 처세에 솜씨 있는 사람을 군의 요직에 등용한 것은 마치 제나라 위공이 견조, 역아, 개방을 등용한 것과 무엇이 다른가? 군의 지휘관은 정직 청렴하고 능력이 뛰어나고 애국심이 강한 사람이어야 그의 수하 장병들도 애국심이 강해질 것이 아닌가. 배경이 든든한 사람이 아니면 장성이 될 수 없다는 말이 들린다.

세월호 사건이 터지자 국회의원들이 정부를 총공격한다. 마치 뱀 본 참새들처럼 떠들어댄다. 세월호 사건이 갑자기 일어난 것인가? 강물이 범람하는 것은 긴 강이 흘러오면서 여러 지류에서 조금씩 모여든 작은 물들이 모여서 마침내 홍수가 된다는 것은 누구나 다 안다. 현재 정계에 몸담고 있는 사람은 물론 은퇴한 공무원들마저도 모두가 그 일부의 책임을 면할 수 없을 것이다. 국회의원들이 떠드는 것을 보고 이런 참혹한 일이 앞으로도 계속되겠구나 하는 불안감을 떨쳐 버릴 수가 없었다. 3, 4대를 국회의원 한 자들은 그동안 무엇을 했는지 깊이 자성해야 하는 데도 모든 책임을 남에게만 뒤집어씌우려 한다.

작금의 군대의 부정사건도 이런 맥락에서 일어난 것이 아닌지 우려스럽다. 나라의 흥망이 갑자기 어느 시점에서 발생하는 게 아니라 오랜 기간 조금씩 그런 여건이 조성되어 돌이킬 수 없이 된 연후에 흥망이 결정되는 것임을 모를 이 없을 터이다. 이제부터라도 모두가 반성하여 작은 부정이라도 철저히 경계해야 할 것이다.

(2015)

어떤 문답問答 3

나를 잘 안다는 어떤 사람이 나에게 말했다.

"선생은 대해大海에서 큰 고래를 포획하지 않고 어찌 작은 웅덩이에서 피라미를 낚으시오?"

나는 하늘을 흐르는 구름을 한가로이 바라보며 말했다.

"대해는 이미 많이 오염되었어요. 사람이 바르게 살고자 하면 반드시 광활한 대해에서만 뜻을 이룰 수 있는 게 아니지요. 작은 성취에도 새콤한 기쁨이 있지요. 성인의 도는 큰 것만도 아니며 작은 것만도 아니지요. 하늘이 나를 세상에 내보낼 때는 나를 나답게 살라고 했을 것이오. 나는 산림 속에서 은일지취隱逸之趣를 만끽하며 살아가면서도 대해에서 용을 낚는 마음이나 한가지로 살고 있어요. 나는 스스로의 힘으로 나의 능력을 북돋우면서 만족하지는 못 하나 산의 정상에 가깝게 올라와 있어요. 만약 내가 저 넓은 대해에 나아가서 이미 거기를 선점하고 있는 사람과 동색同色이 되어 어울렸다면 나는 현재의 내가 아닐 것이오.

그건 내가 원하는 바가 아니지요. 나는 나 자신을 그렇게 스스로 오염시킬 수는 없었어요. 왜냐하면 나는 스스로를 소중히 여기니까요. 나를 소중히 아끼고 다스릴 사람은 나 자신 뿐이기 때문이지요. 나는 공모전에서 좋은 상을 받으려고 구걸한 일이 없어요. 남과 상을 놓고 다툰 일도 없고요.

　　내가 가장 두려워하는 하는 것은 길[道]이 아닌 웅덩이에 떨어지지나 않을까 하는 점이요. 성현聖賢의 가르침을 들으면 즐겁고 행복하였고 서예에 뜻을 두어 열심히 노력하는 순간순간이 보람과 행복을 느낄 수 있어 그것으로 삶의 즐거움과 만족을 만끽하고 있어요. 과욕過慾은 자제하고 있습니다. 〈양심막선어과욕養心莫善於寡慾〉이란 글을 읽어 본 적이 있겠지요. 심성을 기르는 데는 과욕寡慾보다 나은 게 없어요.

　　부모님께서 나에게 필재筆才를 주셨으니 서화는 정해진 나의 운명의 길이라고 생각하고 있어요. 이 길만이 나를 행복하게 했어요. 더는 욕심이 없습니다.
　　그러므로 자유로이 서도 작품을 휘호하고 수묵화를 그리며 가끔 수필을 쓰면서 즐기고 있지요. 붓을 잡으면 의기가 충만하고 행복하지요. 이제 나의 나이가 여든 다섯이오. 하지만 서화에 대한 나의 열정은 아직도 식지 않았어요.”

"자신 만만 하시군요. 작은 행복 많이 주워 모으세요." 그는 빙그레 웃으며 등을 보이고 걸어간다.

"감사합니다. 행복하라니 고맙습니다. 안녕히 가세요."

(2017)

거짓말

한세상 살면서 거짓말 안 해 본 사람 나오라면 선뜻 앞으로 나설 사람이 없을 것이다. 아무리 착한 사람도 이 문제에 관한 한 자신할 수 없을 것이다.

하지만 당당히 나서는 분이 계셨다. 전 대통령이시다. 그 대통령 말고는 한 사람도 없다면 지나친 불신일까! 아무리 성인군자라도 거짓말 한두 번쯤은 하였으리라 생각된다. 세상에는 거짓말을 잘할수록 거짓말을 한 번도 한 바 없다고 잡아떼는 걸 볼 수 있었다. 오래 전에 그분은 말씀하셨다. "약속은 지키지 못 하였으나 거짓말은 한 번도 하지 않았다."라고, 아리송한 말씀이다. 높은 분이 하신 말씀이지만 묘한 뉘앙스를 느끼게 하는 말씀이다. 말재주가 워낙 탁월한 분이라 기막히게 둘러댄 것은 아닌지….

거짓말도 정도의 차이인 것 같다. 거짓말에 익숙해지면 거짓말에 대한 도덕적 의식이 느슨해지고 이것이 아주 습관이 되어 자주 거짓말을 하면서도 가책을 안 받을 수도 있다. 앞서 말한

분이 여기에 해당됨 직하다. 잘 모르지만 대통령이나 국회의원이 기막히게 좋은 것은 사실이다. 그런 높은 자리에 있어 보지못한 사람을 벗하는 나로서는 알 길이 없거니와 사람이기를 포기하고서라도 기어이 그 자리를 차지하려는 것을 보면 그런 생각이 든다. 선거 때에는 유권자의 머슴이 되겠다고 하나 그건새빨간 거짓말이다. 누가 남의 머슴이 되고자 노력하겠는가?머슴이 되겠다는 것은 거짓말이다. 한 번 권력의 주변에 굴러오는 달콤한 꿀을 맛보게 되면 이를 맛 본 사람은 수단 방법을 가릴 심리적 여유가 없는 것 같다. 얼마나 달콤했으면 그럴까? 그래서 염치를 내동댕이친다. 양심이 대통령 만들어 주고 염치가국회의원 만들어 주나? 라고 생각하게 되는 것은 당연하다.

참으로 미안하지만 찬찬히 생각해 보면 정치는 사람을 거짓말쟁이로 만드는 소굴 같기도 하다. 정치인은 거짓말을 하면 그 피해가 온 나라에 미친다. 특히 자라나는 2세들의 도덕심을 황폐화하게 된다. 또 불신 풍조가 만연하여 서로를 믿으려 하지 않는다.오늘날의 이런 현상은 거의 정치의 결과라고 해도 무리가 아니다. 표를 얻기 위하여서는 지역감정 부추기고 빈 공약 늘어놓기,경쟁자 헐뜯기, 괴변으로 변명하기 등 구토증이 날 지경이다.

이솝우화에 양치기 소년 이야기가 많은 교훈을 준다.

정치인이 거짓말을 하면 유권자는 그 말에 속아서 투표소로달려가서 도장을 팡팡 누르고 당선시킨다. 정치인은 기고만장

해서 다음번에도 달콤한 거짓말로 표를 얻어 당선된다. 세 번째 거짓말에도 속아서 찍다 보니 나라꼴이 이 지경이 되었다. 그런데 양치기는 양을 죽이지만, 정치인은 나라를 망치고 온 국민을 못 살게 한다.

전에 바다이야기라는 큰 도둑이 든 일이 있었다. 그때 집을 지키는 책임자가 말했다. "도둑이 들려면 개도 안 짖는다더니 정말 개도 안 짖더라." 눈도 깜박하지 않고 태연스럽게 말하는 것을 듣고 나는 아연실색한 바 있다. 그 말을 한 사람이야 오죽했으면 그런 궁색한 변명을 했을까마는 아마 그 말을 하고 자신도 깜짝 놀랐을 것이다. 그건 거짓말이기 때문이다. 그 사람의 말이 사실이라면 그는 정말 어리석은 바보다.

머슴이 되겠다는 사람이 이렇게 주인을 우습게 여기니 주인은 머슴을 신뢰하지 못하는 것이다. 거짓말을 자주하면 사람 구실을 못한다. 그런데 자기의 잘못은 꼭꼭 숨기고 남의 잘못이나 잘못이 아닌 것도 잘못으로 둔갑시켜 옴짝달싹 못 하게 수단 방법을 가리지 않는다.

'무신불립無信不立', 공자님 말씀이 아프게 가슴을 찌른다. 사실 우리 국민의 도덕적 타락과 파당 형성과 분열로 찢겨서 나라가 걸레짝이 된 것은 오로지 정치인 때문이다. 사람이 바르지 않으면 의회정치가 무슨 소용이 있겠는가.

(2017. 5)

천륜天倫이 무너지는 소리

지난 7월 17일 TV 화면, 오전 2시 가로등이 조용한 밤거리를 환하게 비추고 있었다. 사람도 차도 없어 적막한 그 거리를 한 앳된 소녀가 무엇에 쫓기듯 급히 달린다. 방송은 그 소녀는 최순실의 딸 정유라 라고 했다.

정유라는 누군가의 회유懷柔에 따라 어머니의 범죄 사실犯罪事實을 증언證言하러 가는 것이라 했다.

아아! 슬프다. 하늘이 무너지는 발걸음이 아니던가. 모녀母女의 소중한 혈연血緣이 끊어지는 소리가 나의 가슴을 아프게 한다. 인류가 가장 소중히 여기는 부모와 자식 간의 고귀한 혈연血緣이 무참히 끊어지는 소리다. 인류가 열망滅亡의 길로 달리는 발자국소리다. 방송도 그녀를 살모사殺母蛇라 했다.

요즈음 가장 우려되는 모습이 이 소녀의 달리기로 세상에 구체화·표면화되었다. 누가 이 무시무시하고 비극적인 달리기의 연출자인가?

이 걸음만은 한사코 막아야 하는 것이 인류의 공통된 정서요, 윤리도덕이요, 혈육 간의 정情이다.

이 천륜天倫을 무너뜨리는 무서운 달리기의 연출자는 '사회의 적폐積弊를 청산하고 법질서를 바로 세우겠다.'는 검사라고 했다. 무서운 나라요. 공포의 법관法官이다.

이들이 모녀 간의 아름다운 혈연을 끊고 있다. 정의의 이름으로. 모녀의 혈연은 그 누구도 끊을 수 없는 하늘이 맺어준 고귀한 혈연이다. 인류 생긴 후에 이 고귀한 혈연의 힘으로 말미암아 인류는 오늘날까지 존속하게 되었다. 그 혈연의 힘으로 가정이 이루어지고 사회와 국가의 초석이 되었고, 인류 발전의 원동력이 되었다. 그런데 이 아름다운 혈연이 부서지는 참담한 순간을 보게 되었다. 우리 사회의 모든 부모와 자녀의 연결고리가 끊어지기 시작하는 아픈 순간이 다가옴을 예고하는 사건이다.

수사에 필요하더라도 그 자녀를 회유懷柔하여 증인으로 만들어서는 안된다. 그 이유는 절대로 끊어져서는 안될 모녀 간의 천륜을 끊는 것이기 때문이다. 옛 성현의 가르침에 "효자양부모지선 불양부모지악孝子揚父母之善 不揚父母之惡 즉 효자는 부모의 착한 점은 드러내고, 나쁜 점을 드러내지 않는다."라고 하였다. 가족은 서로 감싸 안아야 한다. 잘못된 일이 있어도 서로 숨겨주어야 한다. 그래야 가족이요 가정이다.

가족의 잘못을 고발하는 것은 천륜을 파괴하고 가정을 무너뜨리는 것이다. 부모는 자식을 위해서 부정을 저지르는 경우가 많다. 자식으로써 어찌 부모의 부정을 증언할 수 있겠는가?

검사와 판사의 경우도 같다. 검사와 판사도 뇌물賂物을 먹을 수 있고 부정을 저지를 수 있다. 그것을 판 · 검사의 처자식이 알고 고발해서는 안된다는 말이다.

자녀는 부모의 불법을 알면서도 "저의 아버지는 절대 그런 일을 할 분이 아닙니다."라고 해야 한다. 그래야 혈육이다. 그래야 건강한 가정이 된다.

그 딸을 달래어서 어머니에게 불리한 증언을 하라고 시켜서는 안된다. 이 일을 예사로 볼 것인가?

이런 분위기가 만연蔓延된다면 자식 낳을 사람은 한 사람도 없을 것이다. 부모는 고생하면서 나아서 양육하고 교육시키는데 돈과 정성을 다 쏟아 붓는다 해도 부모가 잘못하면 이를 보호하지 않고 고발할 것인즉, 그런 자식은 차라리 없는 것이 낫다. 인생을 마음껏 즐기다가 요양원療養院에 가리라. 라고 생각할 것이기 때문이다.

지금 자녀 살해사건이 점차 늘어나는 추세다. 그 근저에 깔려 있는 원인이 무엇이겠는가? '자식이 필요 없다.'는 것이 아니겠는가. 부모에게 매 맞으면 잘못을 반성은 않고 경찰에 고발한다. 담임선생에게 체벌을 받으면 반성은 않고 고발을 한다. 법이라는 이름으로, 인권이라는 미명하에. "내 자식을 정부가 뻔뻔스럽고 염치없는 인간을 양육하고 있다.

자식 없는 게 상팔자인 세상을 만들어 가고 있는 현실이다.
이런 어리석은 방법으로는 천륜天倫을 파괴하고 스승과 제자 간의 의리를 무너뜨린다. 자녀들은 자기의 잘못은 반성할 줄 모른다. 그런 학생은 자라서도 우리 사회의 암적 존재가 될 것은 불문가지다. 고발 만능주의는 인간관계를 삭막하게 하고 사회는 온기가 사라지고 무질서해진다. 그렇게 교육 받은 젊은이가 교사教師가 되고, 법관法官이 되고, 부모父母가 된다. 어떤 결과가 되겠는가?
자녀子女에게 잘못이 있으면 부모는 자녀에게 엄하게 질책해야 한다. 가혹한 체벌은 삼가야 하지만 체벌도 가해야 한다. 잘못이 있으면 마땅히 그에 상응하는 벌을 받아야 한다. 자녀교육은 부모와 선생이 협력해도 성공하지 못 할 경우도 있다. 자녀가 부모와 스승을 고발하게 하는 것은 절대 안된다. 가정을 파괴하고, 나라를 망치려면 그 방법이 최선의 수단이 될 것이다.
공자孔子께서는 법에 너무 의존하지 말고 도덕으로 교육해야 부끄러움을 알고 나쁜 짓을 하지 않게 된다고 했다.

이제 망조의 길로 매진하고 있다. 젊은이는 늙은이를 능멸하고 부자간의 천륜도 무너지고, 사제 간의 의리도 모래알이 되었다. 어디에서도 예의범절은 찾아볼 수 없는 세상이 되었다.

교육은 시험에 합격하는 교육이요 학생의 학습 목적은 시험 합격이다. 그 원인은 교육자나, 공무원의 자격을 검증하는 방법이 암기의 양을 측정한다. 성품, 덕성, 윤리 의식, 희생정신은 헌신짝이 되었다.

근자에 출산 장려의 수단으로 돈을 주면 된다고 생각하는 어리석은 방법을 정부는 최선책이라 생각한다. 유권자가 돈을 주면 좋아하여 표로 보답한다는 것을 정부는 안다. 그래서 모든 것을 돈으로 해결하려는 정부다.

교육정책 입안자들이 효孝 교육, 도덕道德교육을 장려해 보라. 사랑과 효도가 없는 가정은 정상 가정이라 생각할 수가 없다.

부모가 늙으면 양로시설에 맡기고 돌아보지도 않는 자녀가 많다고 한다. 이런 젊은이는 자녀 없는 게 다행이라 생각할 것이다. 자기도 즐기는 데만 몰입하고 부모를 버렸으니 자기의 자녀도 자기와 같을 것이라 생각할 것이기 때문이다. 전에는 자식에게 의지해서 살려고 했다. 대를 끊는 것은 조상에 대한 씻을 수 없는 죄악이었다. 하지만 지금은 어떤가? 살다가 죽으면 그만이다. 살았을 때 즐기자. 이런 분위기에서 태어난 아이는 자식이 아니라 섹스의 부산물이다. 슬프다. 정부가 앞장서서 이런 분위기를 조성하다니. 조상도 없고 미래도 없는 세상이 되었다. 내가 살다가 죽으면 그만이다라는 생각이 시대의 흐름에 맞고 건전한 생각이라고 믿는 세상이 되어가고 있다.

(2017)

즐겨라

논어의 옹야雍也 편에 〈공자께서 말씀하시기를 "아는 것은 좋아하는 것만 못하고. 좋아하는 것은 즐기는 것만 못하니라. 子曰 (知之者는 不如好之者요. 好之者는 不如樂之者라)"〉란 구절이 있다.

이 대목을 읽으면서도 대수롭지 않게 생각한 것은 어리석음 때문이었다. 인생살이 연륜이 쌓이고 사람 사는 이치를 터득하게 되면서부터 이처럼 중요한 가르침이 많지 않다는 것을 깨닫게 되었다. 이 이치를 모르고 한평생을 살아가는 것은 불행의 연속이다. 정말 끔찍한 일이다. 생각할수록 많은 것을 생각하게 하는 가르침이다.

사람들은 대부분 자신의 삶의 목표를 설정한다. 그 목표는 어느 사람의 것은 뚜렷하고 뜨거운가 하면, 어느 사람의 것은 불확실하고 미지근하기도 하나, 나름대로 고심 끝에 모처럼 설정한 바른 목표인 것만은 확실하다.

하지만 그 목표의 고지를 향해서 진력 매진盡力邁進함에는 굳

은 의지와 인내심이 계속 이어질 수 없다면 목표를 향한 동력動
力은 점점 무기력해 질 수밖에 없을 것이다. 아무리 의지가 강
하다 해도 때로는 싫증이 나고 좌절을 느낄 때도 있을 수 있다.
하지만 만약 그 일이 즐겁다면 일은 훨씬 편해질 것이요. 일을
추진하는 동력은 시종 넘칠 것이며 즐거움의 연속이 될 터이다.

　이와는 반대로 즐겁지도 않은 일을 이왕 설정한 목표라 하여
평생 동안 억지로 밀고 당기면서 계속한다는 것은 정말 지겨운
일이요, 비극이 아닐 수 없다. 목적이 뚜렷하고 의지가 강하다
해도 중도에 힘이 고갈되어 목적한 지점에 도달하지 못하고 중
도에 좌절하고 말 것이다. 하지만 하루하루를 즐기면서 평생을
두고 목적을 향해 나아갈 수 있다면 목적지에 도달하는 것은
별로 어려움이 없을 것이며 성공적인 삶이 될 것이다. 그러므로
처음 목적을 설정할 때 자기의 취미와 소질을 신중히 생각하고
목적을 택할 일이다.

　다음은 목적을 향하여 즐거운 마음으로 정진하는 것이다. 그
래서 '자기가 선택한 일을 즐기라'고 권하고 싶다.

　나는 일찍이 20세기의 지성이라는 버트렌드 러셀 경의 경구
警句를 읽고 크게 깨달은 바가 있다. 속담에 '백공이 밥 굶는다.'
는 말이 있다. 필자도 제법 다방면에 약간의 소질이 있다고 동
료들은 인정하는 듯하다. 그들은 나에게 말한다. "라석은 백공
이라 밥 굶는다."는 것이다. 그에 대한 나의 대답은 "나는 밥을

안 굶어, 나는 백 일공이거든."이었다. 러셀 경의 경고를 읽은 후 자신의 오만을 크게 반성하고 오직 서도書道 한 길만 걷기로 결심한 바 있다. 하지만 서도書道 외에도 문인화文人畵, 수필 등에 손을 대다 보니 집중력이 많이 분산되어 그 산만함이 서도에까지 영향을 미치는 것 같아 후회를 하게 된다.

그렇지만 필자가 서예에 한평생을 다 바칠 수 있었던 것은 오로지 즐겼기 때문이다. 즐거워서 하는 일은 피로를 느끼지 않는다. 지칠 줄 모르고 자꾸 하고 싶기만 하니 어찌 아니하고 놀 것인가?

나는 늘 행복하다고 생각한다. 붓을 잡으면 힘이 솟고 흥겹다. 많은 명작들을 감상하는 것도 즐거운 일이다. 작품을 보는 감상자들로부터 감상평을 듣고 대화하는 것도 즐거운 일이요. 나의 작품을 소장하여 만족감을 느끼는 것을 보는 것 또한 즐겁다. 서예를 통하여 건강을 얻었고 마음도 여유롭게 되었다. 즐겼기 때문이다.

(2010. 3)

하느님께 고하나이다

하느님! 어제 아침은 8월 6일, 참으로 기대가 큰 아침이었습니다.

왜냐고요? 불볕을 쏟아 붓던 창공에 시커먼 먹구름이 드리우고, 저는 몸살이 나서 움직이고 싶지도 않았기 때문입니다. 지금까지 84년을 사는 동안 저는 하느님의 따뜻한 햇볕과 단비와, 땅님이 동식물을 무럭무럭 키워 주신 덕분으로 잘 살아 왔습니다. 그래서 하느님을 아버지, 땅님을 어머니로 생각하고 있습니다. 그간 하늘이 맑으면 비가 안 내리고, 하늘에 검은 구름이 덮이고 몸살이 날 때는 비가 오는 것을 체험을 통해서 잘 알고 있습니다. 그래서 검은 비구름이 하늘 가득히 덮이기를 목마르게 기다리면서 하느님께 비를 내려주십사고 간원하고 있었습니다.

그런데 경험을 통한 저의 예측이 적중한 것입니다. 좀 있더니 하늘에서 비를 뿌릴 준비를 하는 소리가 나지 않겠습니까? '우르릉 쾅쾅 찌지직 쾅' 찢고 내동댕이치고 번갯불이 번쩍이면서 풍백風伯 우사雨師의 발을 구르는 소리에 깜짝 깜짝 놀랐습니다. 아! 장대비를 준비하시는구나! 하느님께서 지금까지 오랫동안 미루셨으니 이번에는 넉넉하게 비를 주시려는가 보다. 그래서 저는 아내에게 말했습니다. "봐요. 하느님은 인자하시니 이번에는 흡족하게 비를 주시려고 저렇게 준비하는 소리가 요란하지 않은가." 그 말이 끝나기도 전에 빗방울이 메마른 땅과 목마른 초목을 탁탁 소리 내며 때리기 시작하지 않겠습니까? 굵은 빗방울이 신나게 쏟아지는 걸 보고 단비가 시작되는구나! 라고 생각해서 문단속을 하고 유리창 너머 쏟아지는 비를 흔쾌한 마음으로 바라보며 '하느님 감사합니다. 이번에는 많은 비를 내려주십시오.'라고 기원하였습니다. 초목들도 빗방울을 맞고 좋아라고 팔랑대며 기뻐하는 것을 볼 수 있었습니다.

그런데 이게 웬일입니까? 하느님께서 비를 뿌리던 구름을 얼른 수습하여 북쪽으로 보내시고 다시 그 뜨거운 햇볕을 내리쬐는 게 아닙니까?

어리석은 백성들은 평소에는 하느님의 고마움을 모르고 그저 햇빛도 바람도 비도 무심히 받으며 살아 왔습니다. 그래서 옛날 노자께서는 상덕은 부덕이라上德不德고 말씀하셨습니다. 사람들은 큰 덕은 덕이라고 느끼지 못 한다는 말입니다. 모든 생명체가 사는 데 가장 소중한 것이 하느님께서 주시는 빛과 열과 대기와 물입니다. 빛과 열이 없으면 지구는 칠흑같이 어두운 얼음 덩어리가 되어 모든 생명체는 소멸되고 말 것입니다. 빛과 열이 있다 해도 공기가 없으면 호흡을 못할 터이니 단 십 분인들 살겠습니까? 늘 이렇게 소중한 것을 받으면서도 사람들은 그 고마움을 모릅니다. 그러니 상덕부덕이란 말이 틀림없는 말입니다. 그뿐만이 아닙니다. 어리석은 백성들일지라도 좀 착하게 살면 하느님께서 덜 섭섭하시겠지만 매일같이 저질스러운 싸움을 하는가 하면 한편에서는 살인 강절도, 부정행위를 쉴 새 없이 자행하는 것을 보시면서 너그러우신 하느님께서도 속이 상하셔서 이 어리석은 것들에게 따끔한 징벌을 내리시고 싶으실 것입니다. 하지만 많은 선량한 백성이 고통을 받고 있습니다. 초목이야 무슨 죄가 있겠습니까? 바라옵건대 어서 흡족하게 비를 주시옵소서. 간절히 비옵나이다.

다시 말씀 드립니다. 제주도에는 식수가 모자라 격일제로 공급하고 있습니다. 밭의 농작물은 말라죽어 가고 있습니다. 농민들의 수심이 절망으로 변해 가고 있습니다. 하느님 굽어 살피시어 이 위기를 극복할 수 있도록 단비를 부탁드립니다.

외람된 말씀이오나, 중부지방에는 너무 많은 비가 내려 큰 피해를 보고 있습니다. 많은 비를 주신 곳에서는 비 피해를 입고 하느님을 원망하고 있습니다. 너무 많이 주어도, 너무 적게 주어도 원망을 듣게 됩니다. 어리석은 백성들은 알맞게 주어서 편안하게 해 주면 고마운 줄 모르고 괴로움을 주면 알맞게 준 때의 고마움을 생각하지 못합니다. 하지만 하느님께서는 넓은 아량으로 언제나 이해하시고 사랑을 베풀어 주셨습니다. 지금 이 글을 쓰는 저의 방의 온도는 정확히 35도입니다. 전기가 모자라 냉방기를 돌리지 못 하고 있습니다. 우리가 구원을 바랄 데는 하느님밖에는 없습니다. 하느님, 이 어리석은 백성의 절박한 사정을 헤아려 주시고 단 비를 주시기 바랍니다.

현 민식 올림

한데 공교롭게도 하늘이 이에 답이라도 하듯 신문에 글이 나간 날 아침부터 비가 내린 것이다. 동부 제주에는 많이, 제주시에는 적게, 그래서 여기저기서 전화와 문자 메시지가 왔다.

"선생님의 기원이 도지사의 기우제보다 효험이 있습니다."

"선생님의 기원으로 해갈이 되었습니다. 감사합니다.

"지금 여기는 비가 내리고 있습니다. 선생님 감사합니다." 등등.

사실 신문사로부터 원고 청탁을 받고 〈삶과 인연〉이란 제목의 원고를 준비하고 있었다. 나이 탓인지 인간의 삶과 인연에 많은 관심을 갖게 된다. 그래서 그 글을 준비해 두고 있었던 것이다. 하지만 지금 제주도에는 유례없는 극심한 한발의 피해를 입고 있는 터에 한가한 소리를 하고 있을 수가 없다는 생각으로 하느님께 비를 주십사고 기원하는 글을 급히 쓰고 지난 15

일 신문사에 송고를 하였다.

"내 연령이 80을 넘겼으니 이 글을 마지막으로 씁니다. 이글을 신문에 싣는 날, 비가 내려주길 바라는 마음 간절합니다."라고 덧붙였다. 다행히 하늘이 귀를 기울여 주신 것이다. 하느님 감사합니다.

(2016)

5부

露竹 晨興看脩竹 涼露浩如寫 清致一林虛 風流衆枝亞 退溪 李滉
 새벽에 일어나 대숲을 바라보니 서늘한 이슬이 쏟아지는 듯 온 대숲의 맑은 운치는 많은 가지가 흔들릴 때.
 나는 대나무의 덕을 따를 수 없네. 몸가짐의 윤기 있고 단단함. 사시절 푸르고 변치 않은 몸가짐. 바람에 여유롭게 몸을 흔들면서도 꺾이지 않는 굳은 의지, 마음을 깨끗이 비우고 청결히 하는 무욕, 대나무는 군자의 모범이 아니겠는가.

망상 속에서

사람은 망상하는 동물이다. 나 역시 어쩌면 망상 속에서 살아 왔다고 해도 아주 틀린 말은 아닌 성싶다. 그 망상은 달콤하기 도 하고 가슴을 울렁거리게 하기도 한다.

망상이란 사전에 의하면 "이치에 맞지 않는 망령된 생각. 망 상의 종류에는 과대망상, 피해망상. 망령된 생각[浪志] 등이 있 다."고 한다.

망상에는 여러 가지가 있다. 새처럼 하늘을 날고 싶다. 달에 가고 싶다면 망상을 넘어 미친 사람이 될 것이다. 우주를 여행 하고 싶다. 전기가 없던 시절 전깃불을 켜고 싶다면 백 년 전에 는 망상 병 저쪽 미친 사람 취급을 했을 것이다. 지금 우리는 망 상 속에서 살고 있다고 해도 과언이 아니다.

1954년 3월 천우신조로 문교부 지정 연구학교인 제주북초등 학교에 발령을 받았다. 교실 환경 정리를 잘 하라는 교장선생님 의 엄명이 내렸다. 글씨와 그림을 못 하면 교실 환경정리를 잘 할 수 없으므로 나는 붓글씨와 그림 그리기를 열심히 연습하였다. 노력하는 사이에 나의 재능의 끝이 호주머니 밖으로 뾰족이 나오기 시작했다. 나는 글씨와 그림 그리고 기계체조를 잘하는 교사가 되었다. 낭중지추囊中之錐가 된 것이다. 학교 내의 글씨는 물론, 시청, 경찰국 등의 글은 거의 독점해서 썼다.

1958년 어느 가을날 저녁, 나는 폭음하고 제주시의 거리를 배회하며 주광酒狂을 하였다. 이 일로 술을 완전히 끊었다. 술의 노예가 되어서는 희망이 없다고 생각되었기 때문이다. 다음해에 봉개교로 좌천되었다. 학생이 삼천 명 이상인 학교에 있다가, 백 명도 안되는 복식수업 하는 학교에 부임하니 기가 막혔다. 5·6학년을 담임하였다. 봉개의 봄바람은 나를 비웃었다. "미련한 놈, 술 부대, 넌 선생 자격 없어." 세상이 비웃는 소리가 나의 귓가를 맴돌았다. 하지만 봉개교의 좌천은 나에게는 행운이었다.

정신 차리고 독서를 열심히 하고, 일기도 빠짐없이 썼다. 그것이 기초가 되어 오늘날 문인들과 어울릴 수 있는 행운을 얻게 되었다. 그리고 일간지 논설위원도 했다.

어느 날 집에 왔다가 아침에 출근하게 되었다. 아침 일찍 일어나 밖에 나가 보니 하늘에는 구름이 잔뜩 끼어 있는데 천지가 환하여 아침이 밝아 오는 느낌이 들었다. 그 당시 나의 집은 용담 2동 공항 동쪽 경계 곁에 있었다. 출근 시간에 늦지 않으려고 아침 식사도 하지 않고 서둘러 집을 나섰다. 한천교를 지나 관덕정을 거처 사라봉 능선을 넘어, 봉개로 가는 오솔길을 한참 걸어서 거로마을 남쪽 비탈길을 올라 산담[墓垣]에 걸터앉아서 다리를 쉬고 있는데 '꼬끼오' 하는 첫닭 우는 소리가 들렸다. 그제야 너무 일찍 출발한 것을 알았다. 하늘에는 구름이 끼어 있어 시간을 가늠할 수 없었다.

나는 지나온 길을 바라보다가 문득 지나온 길에는 나의 걸어온 흔적이 없음을 깨달았다. 지금까지 걸어 온 길에 나의 발자취가 없는 것과 같이 앞으로 걸어가는 길에도 나의 발자취는 없을 것이다. 나의 살아온 자취는 결국 작은 흙무덤이겠지! 삶이란 무엇인가? 등골이 오싹하니 무섭고 허무한 생각이 엄습해왔다. 흙무덤을 만들기 위한 삶! 그게 나의 삶이라 생각하니 너무 허무하였다. 왜 그런 생각이 떠올랐는지 는 모른다. 사라봉 능선을 물끄러미 바라보다가 다시 발길을 옮겨 학교에 당도하였다. 봉개마을은 조용히 잠 속에 잠겨 있었다.

봉개교로의 좌천은 나의 인생에 중대한 변곡점이 되었다. 어쩌면 전화위복인지도, 아니면 그 반대인지도 모른다.

그 후 서도와 독서에 더욱 정진하게 되었다. 다음 해에 서초등학교로 영전이 되었다. 하지만 3·15부정선거, 4·19, 5·16 쿠데타를 거치면서 교직을 떠나게 되었다. 모든 것은 나의 운명의 스케줄에 따른 것이다.

그 후 부산에서 사군자四君子를 배웠다. 스승께서는 나에게 재능이 뛰어나다고 극찬을 해 주셨다. 하지만 스승 밑에서는 겨우 3개월 간 공부했다. 스승님은 서울로, 나는 제주로 왔기 때문이다. 그 후 참고 서적을 구입해서 서도書道 이론과 그림 공부를 했다. 서도는 공부 중 가장 어려운 것이었다. 서도를 하려면 자기의 몸을 필법에 맞게 개조해야 한다. 나는 그 과정을 열심히 했다. 책을 스승으로 독학했다. 만약 어느 선생의 문하에 입문했다면 나의 오늘은 꿈도 못 꾸었을 것이다.

나는 선비연한 나머지 나의 입에서는 상을 달라는 말은 단한 번도 나오지 않았다. 그러니 상을 받을 수 없을 것은 당연하다. 오늘날의 상장은 우열을 가려서 주지 않는다. 그러므로 더욱 열심히 갈고 닦으면서 부당하게 얻은 상장보다 훌륭한 작품을 쓸 수 있는 능력을 중시했다. 실력보다 상을 중시하는 제자들은 나의 곁을 떠났다. 하지만 그들을 나무랄 수만도 없다. 세상이 다 썩었으니 그들만 독야청청하라고 할 수도 없지 않은가. 그들도 환경에 적응하면서 생활했을 뿐이다.

나는 차츰 서울에서 열리는 전시회에 작품을 출품하기 시작했다. 거기에는 수상 경력이 화려한 분들, 학력과 경력이 눈부신 분들도 많았다. 모두가 훌륭한 분들이다. 하지만 서도 작품 전시회에서는 훌륭한 작품의 작가가 제일이다. 수상 경력이 아무리 화려해도 아무 의미가 없다. 많은 감상자들이 나의 작품 앞에 모여든다. 망상이 차츰 현실화되는 느낌이 들었다.

한중교류전에서는 나의 행서 작품이 한국 측 대표 작품으로 선정되기도 했다. 같이 참가한 서양화 동양화의 대가들에게 미안한 생각이 들었다. 중국 예술신문 1면 전면과 5면 전면이 나의 작품으로 채워졌다. 나의 해서楷書 천자문은 중국 제일인자의 천자문보다 더 잘 썼다는 평을 받았다. 중국 친구들은 "중국 신문 1면 전면을 외국인에게 내준 사례가 없는데 라석 선생님이 처음입니다."라고 축하해 주었다. 망상이 현실이 되어 가고 있다.

하지만 어제의 것은 잊고 새로운 것만을 쫓는 망상병은 스스로 고칠 수가 없구나.

(2016. 9)

Y 교수와의 대화

Y 교수와 나는 보슬비가 내리는 거리를 한 우산을 의지하여 어깨를 나란히 걷고 있었다.

Y 교수와는 학창시절 이후에는 단둘이 정답게 걸어보기는 처음이다. Y 교수는 연구심이 매우 강하여 많은 연구 업적을 쌓은 친구다. 나는 늘 그를 존경하고 있었다. 오랜만에 한 우산을 들고 걷는 것이 행복했다.

우리의 화제는 나의 어릴 적 연동의 모습이었다. 삼무공원의 옛 모습도 화제에 올랐다. 삼무공원은 야트막한 동산이지만 연동 베두리 동네의 상징적인 오름이다. 그 남쪽 가에는 추운 겨울바람을 잘 막아 주기 때문에 밀감나무가 잘 자라는 유일한 곳이기도 했다. 내가 어릴 적에는 베두리 서 동네라고 불리었다. 그는 거기서 한문서당을 운영하시던 현 훈장에 대해서도 많은 것을 알고 있었다. 나는 그 엄한 현 훈장 밑에서 여섯 살 때에 천자문 공부를 한 적이 있었다.

지금은 고층 건물이 빽빽이 들어서고 옛날의 연못과 잔디동

산과 말 방앗간 늙은 팽나무 등은 흔적도 없어 세월이 무상함을 느끼게 한다. 빗속을 걷다가 그는 간판 이야기로 화제를 돌린다. 내가 서도가이므로 서도를 화제로 삼는 것 같았다.

"요즈음은 서예도 세상의 흐름과 잘 어울리는 것 같아. 개성을 중시하는 쪽에서는 개성을 잘 표현했다는 이유로 매우 혼란스러운 작품을 좋아하기도 하나, 나는 전통기법을 좋아하는 입장이네."

길옆 건물의 간판을 보며 요즘 세태가 간판의 글씨에도 나타난다는 의견에는 둘의 의견이 같았다. 사실 전에는 글씨가 바르고 품위 있는 글씨라야 간판 글씨로 대접을 받았다. 그러나 근래의 간판 글씨는 하나같이 괴상망측한 것들이다. 이런 글씨를 자주 접하다 보니 이제는 졸렬하고 괴상한 글씨들이 간판 글씨로 적합하게 생각되기도 한다. 저질스러운 것이 탁월한 것을 밀어내고 주인의 자리를 차지하게 된 격이다.

간판 글씨 이야기를 하던 Y 노교수는 불쑥

"내가 꼭 쓰고 싶은 글이 있는데"라고 의중을 드러낸다.

"어떤 내용의 글을 쓰고 싶은가?"

"제주도에 관해서 쓰고 싶다네."

"자네는 연구 업적이 많으니 지금까지도 많은 저서를 남겼지만, 건강한 때 좋은 저작을 남기시게. 그런데 제주도의 글을 쓰는 데도 제주도의 어떤 분야를 주제로 한다는 게 있을 게 아닌가?"

"제주도는 평화의 섬이거든. 그런데 해군기지는 평화의 섬에 걸맞지가 않아."

"그런가? 그럼 군 시설을 없애는 게 좋겠군. 그럼 제주도는 평화의 도이고 어느 도는 전쟁을 좋아하는 도인고? 제주도만 평화를 사랑하고 딴 도는 전쟁을 좋아하고 평화를 싫어한다고 하면 다른 도민들은 화나지 않겠어? 모든 도민이 다 평화를 사랑하는 게 사실이 아닌가?

그러면 군사 시설을 남김없이 싹 없애야 되겠군. 그래야 옳지 않은가? 국방도 없애고, 군도 없애고, 그래야 평화를 사랑한다고 할 수 있지 않은가? 어떤가? 내 말이 틀렸는가? 모든 국민이 평화를 사랑한다고 해야 대한민국이 자랑스럽지 않겠어?"

"……."

"평화의 섬이라면 국방을 더욱 튼튼히 해서 외국이나 북한이 장난 못 치도록 해서 평화를 잘 지키는 섬이라고 해야 옳은 게 아닌가?"

하지만 모처럼 오래만에 만난 친구에게 너무 직선적으로 대응한 것이 아닌가 하여 미안한 생각이 들었다.

하지만 지식인들이 좌 쪽 냄새를 풍기는 것이 마음에 거슬린다. 이런 지식인들이 교단에서 사회에서 붉은 물을 뿌리고 다닌다고 생각하니 기분이 별로 좋지 않았다.

교수는 말이 없다. 우리는 묵묵히 걷다가 헤어졌다. 나는 그

교수를 지금까지 잘못 알고 있었던 것이다. 지식인들이 3대 독재 세습 쪽에 서는 듯 하는 모습이 싫다.

(2012)

어머니의 통곡

오늘 조간신문에 출생아가 급속히 줄어 나라의 위기라는 기사가 실렸었다. 이제 다 늙은 사람이 저 세상 갈 걱정이나 할 일이지 무슨 망령이냐고 하겠지만, 그래도 이 나라에 태어나 이 나이까지 살았고 자식 놈과 손자 손녀가 나를 대신하여 살아야 할 나라인데 남의 일처럼 무심할 수가 있겠는가?

요즘 국가정책 입안자들의 나라의 정책을 계획하는 것을 보면 우선 돈부터 계산한다. 무슨 일을 하든 돈이 필요한 건 맞지만 아이를 낳으면 얼마를 주겠다. 둘을 출산하면 얼마를 주겠다. 돈 자랑도 이쯤 되면 챔피언 급이다. 이렇게 돈으로 아이를 사려는 생각을 하는 것은 너무 장사꾼 사고방식이고. 현실을 깊이 고민하지 않고 즉흥적이며 쉬운 방법이다. 어찌 보면 젊은이들을 무시하는 느낌이 든다.

기껏 돈 받으려고 출산을 한단 말인가? 이런 어리석은 생각들이 나라의 앞날을 더욱 걱정스럽게 한다. 돈으로 모든 것을 해결하려는 생각이야말로 나라를 반드시 망하게 할 것이다. 이런 생각을 하게 된다.

얼마 전 어느 가정에서 벌어진 서글픈 이야기를 소개하여 우리의 앞날을 고민해 보기로 한다.

어머니: "이놈의 자식아! 결혼한 지가 몇 년인데 임신 소식이 없느냐?"

장가 간 지 3년이 되었는데도 아무 소식이 없자, 나이 많은 어머니가 아들에게 속내를 드러낸다.

아들: "아이가 왜 필요합니까? 어머니"

어머니: "그게 무슨 말이냐? 우리 조상님들은 자손이 번창하는 것이 가장 큰 소망이었다. 자식이 없으면 늙어서 외롭게 살다가 죽어야 하고 조상님들의 제사도 끊기고 산소를 돌볼 자손이 없어질 게 아니냐. 그 불효를 무엇으로 씻는 단 말이냐?"

아들: "그런 희망을 버리십시오. 어머니, 시대가 바뀌었습니다. 요즈음 젊은이들은 조상 제사를 생각하지 않습니다. 늙은 부모는 요양원에 보내면 됩니다. 그리고 부모가 빨리 돌아가셔야 그 유산을 물려받아서 여행도 다니고, 행복하게 살려고 합니다. 자식 낳으면 대학 졸업하고 장가보낼 때까지 30년 동안 죽을 고생을 하면서 뒷바라지해도 성장한 자식은 부모의 고생한 것을 모릅니다. 고맙게 생각하지도 않습니다.

자식이 무슨 소용이 있습니까?"

어머니: "그걸 말이라고 하느냐? 아이고 아이고, 이놈의 자식 죽기로 고생하면서 키우니 그게 어미에게 말이라고 하는 것이냐? 아이고 내 팔자야!"

어머니는 하염없이 눈물을 흘리며 통곡을 한다.

아들: "어머니, 그렇게 한탄만 하지 마시고 제 말씀 들어보십시오. 지금은 자식이 잘못해도 부모가 체벌을 하지 못합니다. 체벌을 하면 경찰에 고발하게 되어 있습니다. 저는 감옥에 가고 싶지 않습니다. 자식 셋을 낳으면 부모의 고생은 엄청납니다. 그런데 그들이 자라면 부모에게 효도를 할 생각은 조금도 하지 않고, 부모의 유산을 균등하게 달라고 재판을 합니다. 효성스럽고 착한 녀석에게 좀 많이 주려고 해도 줄 수가 없습니다. 그러니 어느 자식이 부모를 위해서 고생하려 하겠습니까? 정부와 국회가 막된 세상을 만들고 있습니다. 앞으로 자식 낳을 사람 한 사람도 없을 것입니다. 지금까지는 자식은 부모의 희망이었지만, 이제는 희망이 아니라 원수가 되었습니다.

어머니: "영감이 먼저 가면서 신신 부탁하고 갔는데 이 일을 어쩌면 좋을꼬? 내가 죽어서 영감을 무슨 면목으로 만날꼬?" 어머니의 눈에서는 눈물이 하염없이 흐른다.

아들: "다른 형제들이 어머니를 버려도 저는 어머니는 돌아가실 때까지 잘 모시겠습니다.

요즈음은 결혼해도 여성들이 자식을 낳지 않습니다. 자식 낳으라고 하면 보따리 싸고 나갑니다. 잘못 건드리면 감옥 갑니다. 무서운 세상입니다. 그러니 후손을 보는 것을 단념하는 게 좋습니다." 비록 자식을 출산해도 어미젖을 안 먹이고 소젖을 먹여 소의 새끼처럼 키웁니다. 옛날 어머니처럼 따뜻하지 않습니다.

어머니: "아이고 우리 집안 이젠 망했구나. 망했어. 이 일을 어이 할꼬!" 늙은 어머니는 땅을 치며 통곡한다.

정치인들이야 자기만 출세하면 그만이다. "나라를 위한다. 국민을 위한다."고 하나 그건 새빨간 거짓말이다. 표가 나오는 일이라면 나라가 망하는 일이라도 서슴지 않는다.

우리나라가 이렇게 타락한 원인은 정치와 교육이 잘못되었기 때문이다. 교육자라는 자가 학생을 정치 데모에 동원하고 나이 많은 사람을 보수라 능멸하고 예의를 지키지 않고 전통문화를 능멸한 결과다. 거기에 경제만능 풍조가 도덕을 유린하고 있다.

돈을 주면 자식을 낳을 것이란 생각을 하는 것 자체가 난센스다. 부모의 권위를 세우고 가정을 튼튼히 일으켜야 한다. 가정이 무너지면 국가도 따라서 무너진다. 나라를 구하는 길은 오직 가정의 부흥에 있다. 우리는 경제가 넉넉하면 행복해지리라 생각했다. 경제와 도덕이 같이 병진하지 않고서는 나라를 지탱하는 것이 용이하지 않다.

(2018. 4)

부자父子의 대화

배 다른 자식을 둔 아버지에게 자식들은 불만이다.

후처의 자식이 아버지에게 불평을 한다.

아들 "우리 집은 왜 이렇게 복잡합니까?"

아버지는 아들의 질문하는 의도를 얼른 간파하고 대답한다.

"나도 잘 모르겠다. 그게 다 팔자라는 거다. 내 팔자가 좋아서 전처와 이혼하지 않았으면 나는 너의 어머니와 만날 수 없었을 것이다. 너의 어머니와 만나지 못했으면 내게 가장 소중한 아들 인 너는 태어나지 못했을 거다. 네가 나의 아들로 세상에 태어 나게 하기 위해서 운명의 스케줄에 따라 그리 된 것이다. 나도 논리적으로 이 이상 설명할 수 없구나. 세상사는 이치가 너무 오묘해서 이해할 수 없는 게 너무 많다. 그러니 주어진 운명을 따라 너와 내가 아름다운 부자지간으로 열심히 살아야 한다. 그 외에 뾰족한 방법이 없다. 이 아비의 생각이 모자라 이 이상 설 명을 할 수가 없구나."

두 부자는 마주보며 빙긋이 웃었다.

"……"

(2010)

어떤 대화 2

몇 사람이 막걸리 잔을 앞에 놓고 마주 앉았다. 아마 오랜만에 만난 고향 선후배들인 것 같다. 교단에 있는 교육자, 일반직 공무원, 회사원 등 여러 분야에서 활동하는 분들인 듯했다.

나 역시 그들 옆에서 친구와 둘이서 소주잔을 기울이고 있었다. 술잔이 몇 순배 돌아가자 대화의 분위기도 점점 무르익어 간다. 그들 대화 가운데서 나의 귀에 쏙 들어온 부분을 가려 옮긴다.

A "요즈음 손에 기름이나 흙을 묻히려는 사람이 없으니 걱정이야, 외국 노동자를 수입하지 아니하면 안될 지경이니."

B "손에 때 묻히지 않고 옷에 기름 묻히지 않는 것이 교육의 목적 아닙니까?"

A "어디 그런 교육 목적이 있나?"

B "그럼 공부하는 사람에게 물어 보십시오. 손에 때 묻히면서 일하려고 공부하는 사람, 한 사람이라도 있나? 또, 선생님에게 물어 보세요. 선생님 가운데 손에 기름 묻히며 일하겠다는

사람이 있나? 선생님도 손에 때 안 묻히고 넥타이 매고, 깨끗한 신사복 입고 회전의자에 앉아서 좋은 보수를 받으면서 사회적으로 대접 받으려고 공부하지 않았습니까? 우리나라에 손에 때 묻히는 사람이 한 사람도 없을 때 비로소 교육목표가 100% 달성된 것입니다. 안 그렇습니까?"

A "허허, 이 사람한테 한 방 먹었네. 그 말 듣고 보니 그렇구나. 역설이야"

B "지금 교육이 잘되는 것 같으면서도 무엇인가 구멍이 뚫린 듯하여, 가만히 생각해 보니 그렇습디다. 모두가 일 않고 잘 살려니 싸움질이 많아진다는 것입니다. 옛날에는 모두가 열심히 일하느라고 싸울 겨를이 있었겠습니까? 손에 때 묻히지 않고 잘 살 수만 있다면 그야 좋지요. 그걸 나쁘다고 할 사람은 한 사람도 없을 것입니다. 하지만 그런 세상은 영원이 오지 않을 것입니다. 죽어서 천당에나 가면 거기에는 기름도 흙도 없을 테니 기름이나 때를 안 묻히고 지낼 수 있겠지만 말입니다. 이 세상에서는 기름이나 흙을 묻히지 않으면 사람은 살 수가 없기 때문입니다. 몸을 깨끗이 하고 놀면서 잘 살기를 바라는 교육은 사람을 사악하게 만들고 사회를 거칠게 할 것이 명약관화합니다. 생각해 보십시오. 손에 때 안 묻히려고 공부해서 교사가 된 선생이 학생들에게 기름 묻히면서 열심히 일하는 사람이 훌륭한 사람이라고 한다면 그건 교사의 위선입니다. 만약 3D 업종

에 종사하는 사람이 사회를 위하여 유익한 사람이라면, 그들을 더 우대해야 합니다. 한데 현실은 그렇지 않습니다. 그런데 말만하는 것은 속임수입니다. 안 그렇습니까?"

A "허허, 듣고 보니 일 리가 있는 말이야. 자네 언제부터 그 방면에 전문가가 되었나?"

B "전문가는 무슨 전문가입니까? 저는 노동해서 사는 사람 아닙니까? 조금만 생각하면 알 수 있는 간단한 이치입니다. 근데 말입니다. 교육을 잘 해서 목적이 달성된다면 손에 기름 묻히는 사람이 한 사람도 없을 것이니, 그때에는 건설 현장에서 벽돌은 누가 쌓으며, 시멘트는 누가 바르며, 페인트는 누가 칠하고 화장실 청소는 누가 하며, 농사는 누가 짓고, 바다에서 고기는 누가 낚으며 가축은 누가 기릅니까? 그럴 사람이 한 사람도 없을 것 아닙니까? 이런 나쁜 일자리에서 일할 사람이 없는 사회를 만들기 위하여 많은 혈세를 투자하여 교육에 열을 올리고 있지 않습니까? 정치와 교육을 연구했다는 분들이 모두 청맹과니거나 위선자가 아니라고 할 수 있습니까? 어떻습니까?"

A "완전히 궁지에 몰렸는데. 그만하세."

그들은 막걸리 잔을 들고 단숨에 들이켠다.

그 젊은 친구의 말을 들으니 가슴에 뭉쳐 있던 체증이 시원히 빠지는 것 같은 느낌이 든다. 그렇지! 조물주는 사람이 다양하게 여러 계층에서 살도록 사람을 각기 다르게 설계한 거야. 그런데 교육은 똑같은 사람이 되도록 가르친단 말이야. 그런 교육은 하늘의 뜻을 거역하는 반 합리주의, 반 자연주의의 어리석은 행위라고 할 수 있지 않을까?

(2016)

존망과 화복 개재기 存亡禍福皆在己

어느 날 아버지와 아들이 마주 앉았다.

아버지: "이제 대학생이 되었으니 중·고등학교 학생 때와는 다른 각오로 열심히 공부 하여라. 대학 나온 놈이 직장도 없고 직업도 없으면 남의 웃음거리가 된다. 그리고 대학생답게 언행을 조심해서 예의에 어긋남이 없고, 품위 있는 사람이 되어야 한다. 알겠느냐?

아들: "예 잘 알았습니다. 하지만 아무리 열심히 하려고 해도 잘 안됩니다."

아버지: "그게 무슨 대답이냐? 너는 중·고등학생이 아니다. 최고 학부 대학생이야. 이 아비는 대학을 못 다녔다. 그래도 열심히 공부해서 공무원 시험에 합격하였다. 그래서 너희들을 대학까지 보낼 수 있었던 거야.

아들: "저도 잘 압니다. 그렇지만 아무리 잘하려고 해도 안되는 것을 보면 아버지께서 저를 잘못 낳으신 것 같습니다. 어쩌다가 이 못난 자식을 낳으셨습니까?"

아버지: "글쎄다. 나도 모르겠다. 나는 너를 낳으려고 한 바 없다. 너희 할아버지가 태어나지 않으셨다면 나도 태어날 수가 없었을 것이고, 너의 외할아버지와 외할머니가 태어나지 않으셨다면 너의 어머니가 태어나지 않았을 것이다. 너의 어머니가 무슨 때문인지 나와 같은 시기에 태어나서 나와 부부가 되었다. 그 많은 사람들 가운데 하필이면 나와 말이다. 나도 아무리 생각해도 그 의문을 풀 수가 없다.

그건 하늘이 너를 이 세상에 나오게 하기 위한 스케줄에 따라, 아주 윗 조상부터 죽 그 스케줄에 따라서 인연이 이어져 왔다고 볼 수밖에 달리 설명할 수가 없다. 너를 세상에 나오게 하기 위하여 하느님은 나와 너의 어머니의 몸을 빌린 것이다.

정말로 나는 너를 낳으려고 하지 않았다. 그러니 너는 나를 원망하지 말고 너 스스로 자신을 바로 세우고 닦아서 너의 삶을 아름답게 하여라. 부모를 탓하고 남을 원망해서는 안된다. 아무리 남을 원망해도 너에게 이로울 게 없다. 원망하려면 하늘을 원망하여라. 성현의 말씀에 이런 말이 있다. 들어보겠느냐?

아들: "말씀해 보세요."

아버지: "존망화복개재기存亡禍福皆在己"란 말이 있다. 즉 삶과 죽음, 화와 복은 모두 자기 자신에게 있다." 즉 너 자신만이 해결할 수 있다는 뜻이다. 너의 존망화복을 다른 사람이 어찌할 수 없다는 말이다.

그러므로 너 스스로 너를 아름답게 굳세게 단련해서 우뚝 세울 수밖에 딴 도리가 없다. 너의 꿈이, 너의 피와 땀만이 너의 행복을 만들 수 있을 뿐, 그 누구도 대행할 수 없다는 말이다. 어떠냐? 이 아비의 말이 틀렸냐? 생각 없이 빈둥대지 말고 자신의 앞길을 깊이 생각하고 노력하여라."

아들: "아직은 잘 모르겠습니다. 좀 더 깊이 생각해 보겠습니다.

이 부자의 대화를 통하여 많은 것을 생각하게 된다. 요즘 젊은이들은 부모와 사회에 불만이 많다. 자신을 깊이 성찰하지 않고, 자신에게 피 땀을 요구하지 않고, 남에게 요구하며 남의 탓만 한다.

여기에는 교육도 한몫을 한다. 사람은 다 다르게 태어났다. 모습도 다르고 능력도 다르다. 사람의 능력이 똑같으면 우리 사회는 살 수 없다. 그런데 교육은 모든 사람을 똑같게 만들려고 한다. 교수들은 자기의 잘못을 사회 탓, 정부 탓으로 돌린다. 대학은 지식을 많이 기억하게 한다. 지식 기억의 양만을 늘린다. 덕과 기능 윤리의식을 강화하는 데는 관심이 없다. 졸업 후에는 나 몰라라 한다. 이런 무책임과 남의 탓. 이런 교육이 우리 사회를 병들게 한다. 자기 스스로 일어서는 교육, 자립정신으로 뭉쳐진 인간을 육성해야 하지 않겠는가.

(2016)

젊은이와의 대화

　젊은이들은 늙은이를 수구꼴통(수꼴)이라 하여 경멸한다. 반대로 늙은이들은 젊은이들은 철이 없고 예의도 모르는 놈이라고 나무란다. 이렇게 서로 보는 시각이 상이하니 세대 간의 간극이 점점 벌어져서 그 틈새를 메울 수 없을 정도로 벌어져 가는 것이 우리 사회의 당면한 비극이다.

　필자는 얼마 전 우연히 두 젊은이와 대화를 나눈 적이 있다.

　"젊은이들 이리 오게, 바쁜가?"

　"아닙니다. 별로 바쁜 일이 없습니다. 왜 그러세요?"

　"이리들 오게."

　젊은이들이 나의 곁에 와서 앉는다.

　"요즘은 젊은이들과 대화할 기회가 좀처럼 없거든. 그래서 젊은이들과 대화를 하고 싶단 말이야. 우리 마음을 열어서 대화해 보세."

　"예, 그러시지요? 재미있을 것 같은 데요."

　"나는 서화가 라석 현민식이야. 자네들도 자기 소개를 하게."

"저는 김영철이고, 이 친구는 박창수입니다. 우리들은 대학교 일 학년생입니다."

"반갑네, 앞길이 구만리인 젊은이로구나. 자네들은 젊은이와 늙은이가 어떻게 다른가? 생각나는 대로 말을 해 보게. 듣기 좋게 체면치레하지 말고 솔직하게 마음을 열고 말해 보게."

젊은이들은 서로의 얼굴을 쳐다보며 벙글벙글 웃다가 눈이 크고 시원하게 보이는 창수가 먼저 입을 연다.

"젊은이는 내일을 위해 삽니다. 내일을 위하여 공부하면서 장래를 준비하고 희망을 꿈꾸며 살아갑니다. 하지만 연세가 많은 분들은 지금까지 살아온 과거를 생각하고, 과거를 지키면서 살려고 한다는 점에서 틀리다고 생각합니다. 연세 많은 어르신과 대화를 해 보면 옛날 살아오시면서 고생한 이야기를 주로 하십니다."

"젊은이들이 솔직한 생각을 들으니 나도 수긍이 가네. 하지만 나의 생각을 말할 터이니 잘 들어 보게. 젊은이들이 꿈을 안고 그 꿈은 실현하려고 고군분투하는 것은 젊은이들의 특권이야, 젊은이는 구만리 앞날을 창조적으로 살아야 해, 그래서 학창 시절에 그 준비를 단단히 해야 하지, 준비가 모자라면 패배자가 되기 때문이지.

하지만 말이야, 나 같은 나이 많은 사람도 내일의 희망을 바라고 살고 있다는 점을 젊은이들은 잘 몰라. 젊은이들의 희망은 자신의 앞날을 위한 것이요, 이를 성취하기 위한 노력이지만,

늙은이의 희망은 젊은이들의 성공하여 잘 사는 것이지. 나는 나 자신을 위하여 하는 일이 별로 없어, 옷도 옛 것을 빨아서 그대로 입고 먹는 것도 밥과 나물국, 야채 반찬 한두 가지와 된장 고추장이 있으면 그 이상 더 바라지 않아. 그렇지만 자식, 손자의 성공을 위하여 있는 것을 알뜰히 모아서 투자하지. 그 녀석들은 나의 희망이니까.

젊은이들의 부모는 어떤가? 자식들의 학비를 벌기 위하여 밀감 따는 작업도 하고 식당 알바도 하면서도 자식의 성공을 위하여 괴로움을 참거든. 젊은이와 늙은이와의 차이가 거기에 있다네. 젊은이들은 대부분 늙은 부모에게 의존하여 살면서도, 늙은이를 이해하려 하지 않지, 이건 비극이야, 사실 깊이 생각하면 젊은이와 늙은이는 하나야. 오늘의 젊은이는 내일의 늙은이거든. 늙은이가 없으면 젊은이가 클 수가 없고, 젊은이가 없으면 늙은이는 희망을 잃고 외로워지는 거야.

내가 너무 많은 이야기를 했구나. 이제는 자네들의 의견을 듣고 싶네."

"많은 것을 깨달았습니다. 감사합니다."

"고맙네. 열심히 앞날을 준비하게. 부모님 잘 모시고."

"안녕히 계십시오."

착한 젊은이들이었다.

(2016. 5)

넬슨 만델라

세계적인 마디바(존경받는 어른)의 얼굴이 신문 1면 머리에서 따뜻한 미소를 짓고 있었다. 만델라가 사랑하는 동포를 남겨두고 떠나기 전 얼굴이다.

그는 흑인 인권운동가이면서, 남아프리카의 첫 흑인 대통령이다. 그는 95세를 일기로 2013년 12월 5일 희로애락喜怒哀樂의 여정을 끝냈다. 위대한 얼굴이다. 머리 숙여 경의를 표한다. 그의 육신은 떠났으나 그의 마음은 세계인의 마음속에서 살아 있다. 그의 서거는 전 세계인의 마음을 아프게 한다.

사람들은 박해를 받으면 반드시 철저히 보복한다. 지금 이 순간에도 박해와 보복은 진행 중이다. 그의 인권운동은 보복의 인권운동이 아니라, 용서의 인권 운동이요, 평화와 사랑의 인권운동이었다. 그는 진짜 인권운동이란 이렇게 하는 것이란 모범을 보인 것이다. 그는 자기의 인권을 위하여 상대의 인권을 유린하는 게 아니라, 자기의 인권보다 남의 인권을 더 존중하였다. 말처럼 쉬운 게 아니다. 그러기에 가장 아름다운 인권운동이다. 사실 이런 인권운동을 말하기는 쉬우나 실행하기는 어렵다. 주변은 온통 적개심으로 들끓고 있는데, 이를 잠재우고 사랑으로 돌려야 하는 역할을 먼저 해야 한다. 가장 어려운 것은 자기 자신의 마음속에 들끓고 있는 분노부터 진정시키고 사랑으로 백팔십도 핸들을 돌리는 것이다. 성인이 아니고서는 가능하지 않다. 대부분의 인권운동의 내면에는 불타오르는 증오의 응어리를 폭발시킨다. 분노하라. 철저히 보복하라고 외친다. 이런 인권운동은 혼란을 수반한다. 결국은 다시 반복하여 인권을 유린하게 된다. 그래서 혼란은 끊임없이 반복된다.

하지만 넬슨 만델라는 흑인을 잔혹하게 탄압한 백인을 용서함으로써 350년 간의 흑백 간의 싸늘한 적대감을 따뜻이 녹이고 융합을 이루었다. 그는 이런 빛나는 공로로 노벨평화상을 수상하였고, 76세의 고령으로 남아공의 대통령이 되었다.

하지만 이 위대한 인물도 고난과 영광의 여정을 뒤로 하고 돌아올 수 없는 길을 떠났다. 하늘은 누구에게도 특혜를 주지 않는가 보다. 폐암이 그를 저 세상으로 안내했다고 한다.

그의 아름다운 정신이 우리나라의 증오에 찬 정치인의 가슴을 녹여 주었으면 하는 기대를 해 본다. 어리석은 기대요, 미련한 꿈에 지나지 않지만 그래도 희망의 끈을 놓고 싶지 않다.

우리나라의 정치 현실을 보며 가슴이 미어진다. 우리나라에는 만델라의 사돈의 팔촌 만한 인물도 없단 말인가? 만델라의 영전에 경의를 표하며 희망을 가져 본다.

(2013)

버려진 사진

    쓸쓸하고 찬 초겨울비가 내린다. 나의 집 근처에 과부댁이 있었다. 그 과부의 남편은 삼 년 전에 돌아올 수 없는 황천길을 떠났다. 그가 생존 시에는 매우 부지런하고 매사에 적극적이었다. 명랑하고 싹싹한 성격이라 정년 후에도 매일 농장에 나가 과수원을 관리하는데 감귤이 잘 달렸다고 자랑하기도 했었다. 하지만 사람의 운명은 한 치 앞을 모른다. 그러던 그가 무슨 암에 걸렸다는 소식이 들렸다. 서울의 큰 병원에서 수술이 잘되어 80에 가까운 노구인데도 살은 좀 빠졌어도 활기찬 모습을 잃지 않았다. 그러던 그도 병이 자신의 소중한 건강을 잠식하고 있음을 모르고 있었다. 결국 병마의 공격으로 인하여 그는 황천길을 가지 않을 수 없었다. 그에게는 아들은 없고 딸만 여럿이라 했다. 그가 돌아간 지 2년이 흘렀다. 그의 부인은 살던 집을 팔고 얼마 전에 어디론지 이사를 갔다고 했다. 인근에는 그녀가 어디로 갔는지 아는 사람이 없다. 그 집은 새 주인에 의해 헐리고 새로운 고층 건물을 짓는다는 입소문을 들었다.

찬비가 질척거리는데 우산을 들고 대문밖에 나가 보니 동네 사람 서넛이 그 헐린 과부집 앞에 모여 있었다. 얼굴을 아는 이웃 사람들이다. 나도 헐리는 집 앞에 가서 그들과 합류했다. 그런데 나의 눈에 들어온 것은 집을 철거하면서 나온 쓰레기와, 그 옆에 비스듬히 기울어진 드럼통을 받쳐 있는 사진첩이다. 드럼통은 사진첩 속 고인의 얼굴의 반을 누르고 있었다. 눌려지지 아니한 한쪽 눈이 나를 바라본다. 정말 참담한 모습이다. 부인이 떠나면서 남편의 유류품은 모두 버리고 갔던 것이다. 그 사진첩은 돌아간 남편의 사진첩이다. 이럴 수가! 나는 가까이 가서 살폈다. 비참한 모습이다. 불에 태우기라도 할 것이지. 그의 부인이나 딸들도 다 대학을 나왔다는 말을 들었다. 자기들이 필요한 아버지의 유산은 팔아서 가지고 가면서 아버지의 사진은 버리고 가다니! 모인 사람들은 깊이 탄식을 하면서 부인과 자식들의 매정함에 몸서리를 친다. 이게 남의 일이 아니란 것이다. 세상이 이렇게 변했다는 것이다. 아끼던 처자식도 믿을 게 못 되는군! 누군가가 중얼거렸다. 모두가 이에 동의하는 듯 깊은 한숨을 쉰다. 나의 입에서도 나도 모르게 한숨이 나왔다.

버려진 사진의 눈물인 양 하늘에서는 가는 빗줄기가 연신 내려 드럼통 밑에 눌려 찌그러진 망인의 얼굴에 고인다.

한 사람이 입을 열었다. "아! 앞으로 어떤 세상이 올 것인가!"

(2016)

6부

尺璧非寶(척벽비보): 한 자나 되는 구슬이 보배가 아니다. 천자문의 구절이다.
글자의 형태를 위는 넓고 아래는 좁은 형태의 예서를 쓰면 어떨까! 잠자리
이불 속에서 구상하다가 잊기 전 밤중에 먹을 갈아 쓴 작품이다.(2000년)

다소유벽多所有癖

　나는 많은 보물을 소유하고 있고, 게다가 더욱 많이 소유하고 싶다. 이게 나의 다소유벽인가 보다.

　어떤 스님은 무소유의 참맛을 말씀하시나 나는 동의하지 못한다. 억지로 소유하는 것은 나의 성정에 맞지 않고 즐겁지도 않다. 하지만 자연스럽게 얻을 수 있다면 많이 얻을수록 좋지 않은가.

　무엇을 얼마나 많이 가졌기에 이렇게 방자하냐?고 눈을 흘기겠지만 그럴 만큼 제법 많이 가지고 있다. 나를 아는 사람들뿐 아니라 나의 아내까지도 나의 이 말을 비웃을 것이다. 내가 나의 소유물을 모두 공개한 사실이 없기 때문이다.

　나의 소유물을 자랑한다면 놀랄 사람도 있고. 또 실소할 사람도 있을 것이다. 하지만 부정축재를 한 것도 아니요, 훔친 것도 아닌데 굳이 숨겨서 의혹을 살 필요가 없으므로 편한 마음으로 당당히 공개하겠다.

　나의 재산 목록을 말하면 우선 달과 · 별 · 한라산 · 푸른바다를 들 수 있다. 성산일출봉 · 비양도 · 서해의 흑산도와 주변의 기암괴석 · 백두산 천지연 · 중국의 태산 · 아미산 · 화산 · 천산 산맥까지 너무 품목이 많아서, 다 열거하고 자랑하기에는 지면이 허락하지 않으므로 이만 줄이기로 하자.

만 원짜리 지폐도 나의 호주머니에 들어오면 나의 소유이지만 이놈은 들어오자마자 나가고 싶어서 좀이 쑤시는지 미련 없이 훌쩍 떠나고 만다. 그 만 원짜리 지폐는 원래 나의 소유가 아니다. 모든 소유물이 이와 같으니 무엇이 정말 나의 재산인지 알 수가 없구나.

하지만 달은 영원히 나의 재산이다. 내가 달을 소유했다고 시비할 사람도 없고, 검찰에 고발할 사람도 없다. 한밤중에 흉기를 들고 와서 내놓으라고 협박할 사람도 없고, 세금을 부과하지도 않으니 참으로 가질 만하지 않은가. 굳이 등기를 하지 않아도 되고 저장할 창고나 금고를 마련할 필요도 없이 하늘 높이 둥실 띄워 놓고 만인이 같이 즐길 수 있어 더욱 좋다. 게다가 훔쳐갈 사람도 없을 뿐 아니라 언제든지 보고 싶으면 마음 놓고 볼 수 있으며, 유산으로 남길 수 있으니 소유할 만한 진귀한 보물이 아닌가.

1990년에 연변 교민과의 서예 교류전을 위하여 연변을 방문

한 일이 있었다. 그 좋은 기회에 백두산엘 올랐다. 일기가 화창하여 천지의 맑은 물이 아름다웠다. 장백폭포의 비탈진 돌길을 기어올라 천지의 맑은 물에서 세속의 때를 말끔히 씻었다. 나는 불현듯 천지가 탐나서 그대로 돌아서서 올 수가 없었다. 하여 천지를 나의 소유로 하고서 친구에게 선언했다.

"이 천지는 내 거야."

"하하하 라석이 미쳤군! 그럼 이 천지를 어떻게 가져가겠는가? 또 등기는 어떻게 하고?"

"에끼 이 사람아, 나를 어떻게 보고 그따위 망발을 하는가? 천지연은 여기 그대로 있어야 천지연인거야, 이것은 조물주가 정해 준 걸세. 그러므로 여기 놔두고 다 같이 즐겨야지. 내 것이라고 들고 간단 말인가? 염치없이. 나는 나의 모든 소유물을 만천하 사람과 같이 즐기려 하니 자네도 마음 놓고 목욕도 하고 눈 속에, 마음속에 담아 가게나."

"하하하 이 사람 나를 정말 웃긴다." 일행이 모두들 가가대소한다.

"내가 천지를 가졌다고 웃는 것까지는 좋으나, 미치지는 말게."

달도 이와 같다. 달 관람료를 받는다면 일거에 백만장자가 될 줄이야 모르랴만 나는 그렇게 탐욕에 눈이 어두운 사람이 아니므로 세상 사람들과 같이 즐기면 그것으로 족하다. 한라산도 시원한 푸른 바다도 성산일출봉과 비양도도 서해상에 떠 있는 아름다운 기암괴석도 모두 제자리에 두고 마음이 내키면 둘러볼 뿐이다. 금강산이 좋다는 말은 들었으나 직접 돌아보지 못한 까닭에 아직 나의 소유로 하지 않고 있다.

옛사람들도 인생은 일장춘몽이라 하지 않았던가. 한평생 사는 데 자기 한 몸도 마음대로 경영하지 못한다. 늙고 싶지 않아도 어느 날 머리는 백발이 되고 시력도 반은 덜리고 이도 야금야금 하나 둘씩 뽑아가도 어쩌지 못하고 눈 뜨고 멍하니 바라볼 뿐이다. 부모님을 데려가도 눈물을 흘릴 뿐 구제할 방법이 없고 사랑하는 아내나 남편을 데려가도 눈물과 한숨을 지을 뿐 아무런 대책을 세울 수도 없다. 이렇게 인간은 나약한 존재다. 그렇다고 저 세상에 갈 때는 만 원권 한 장도 가져 갈 수 없으면서도 말없이 가야 한다.

어떤가. 나의 재산목록이 탐나지 않은가!

어떤 전직 고관과 현직 국회의원이 뇌물을 꿀꺽하고서 오리발 내민다고 국민들은 분통을 터뜨리고 있다. 그까짓 거 뱉어버리고 내게로 오면 나의 소유물을 나누어 줄 것이다. 그렇게 애국자연 하던 자가 표리부동하게 불결한 뇌물을 받고 오리발을 내밀다니…! 그 꼬락서니가 뭐람.

병도 병 나름이지 나의 다소유벽은 엄청 부자가 될 수 있을

뿐 아니라, 건강에도 좋고 언제나 마음도 넉넉해지는 매우 유
익한 병이다.

(2011)

실직 당한 덩드렁

　나의 집에는 직경이 40cm 쯤 되는 찐빵 모양의 둥그스름하고 등이 거북의 등처럼 불룩 나온 돌이 하나 있다. 이 돌의 쓰임은 볏짚을 부드럽게 다루는 데 쓰이는 받침돌로 요긴하게 쓰이던 돌이다. 그 이름은 제주어로 '덩드렁'이라 불렀었다.

　전에는 농촌 가정에 없어서는 안될 유익한 필수품이었으나, 지금은 정원의 한구석에서 하릴없이 무용한 다른 돌과 한가지로 방치되어 애처롭다.

　시대의 변천에 따라 쓰임도 달라지고, 용도와 귀천이 뒤바뀌는 처지를 흔히 볼 수 있다. 옷감과 종이를 자르던 가위는 식당에서 뜨거운 삼겹살을 자르고 있고, 흙을 갈아 뒤엎던 쟁기와, 곡식을 타작하던 도리께는 박물관의 벽에 걸리어 놀면서 눈요깃감이 되어 있다. 그런가 하면 가장 천한 직업에 종사하면서 천인으로 살던 사람이 갑자기 무형문화재가 되어 정부의 넉넉한 지원을 받으면서 명사가 되어 목에 뻣뻣하게 힘이 들어가 있는 모습을 흔히 보게 된다. 세월의 흐름에 따라 이렇게 입장이 전도되기도 한다.

편한 것이 좋은 것만은 아닌 것 같다. 이 덩드렁이 일을 할 때는 표면이 반들반들 윤기가 나고 예쁘더니 50여 성상을 정원의 한구석에서 놀기만 하다 보니 오히려 그 표면에 푸른 이끼가 더께로 끼고 볼품없이 거칠어졌다.

이 돌과 우리 가족이 인연을 맺게 된 사연은 시대의 아픔에서 비롯되었다. 4·3 사건 때 연동의 집을 소실당하고 용담으로 피난 갔을 당시 우리 가족은 집도 양식도 없는 거지 신세로 전락하였다. 당시 절실하게 필요한 것은 기아를 면할 양식과 풍우를 가릴 집이었다.

집 짓는 데 필요한 새끼를 꼬고 소와 말의 고삐와 밧줄이며 곡식을 말리는 멍석과 방석, 곡식을 담는 떡서리를 만드는 재료는 볏짚이었다. 이 덩드렁은 그 볏짚을 다루기 위하여 옛 한천교의 남쪽 냇바닥의 많은 돌 가운데서 선택되어 어머니의 등에 업혀 온 것이다.

그 후 이 돌은 우리 집 살림을 알뜰하게 도왔다. 40여 년 전까지만 해도 집집마다 꼭 있어야 할 돌이 있었으니, 그것은 장식용의 기이한 수석壽石이 아니라 바로 덩드렁이었다.

짚은 부드럽게 다루어야 쓰이게 되는 데 다루는 방법은 덩드렁 위에 짚단을 놓고 부드러워질 때까지 계속해서 방망이로 힘껏 내리치는 것이다. 그러면 뻣뻣하고 잘 부숴지던 짚이 부드럽고 질긴 성질로 변해서 생활을 돕는 유익한 생필품의 재료로 거듭나게 된다. 사람도 뻣뻣한 놈은 벌을 가하여 부드럽게 순화시켜야 함과 같은 이치다.

나는 무시로 덩드렁의 등에 볏짚 단을 놓고 내리쳤고, 그는 묵묵히 맞기만 했다. 그래야 볏짚이 생필품의 재료가 되기 때문이다. 덩드렁은 묵묵히 맞으면서 주어진 사명을 완수한 것이다. 참으로 고마운 돌이다.

지금은 생필품의 전부를 공장에서 생산한다. 나일론 끈이나 나일론 로프는 볏짚으로 어렵게 꼬아 만든 새끼보다 훨씬 질기고 아름다우며 쓰기도 편하다. 그러니 유익한 필수품이었던 덩드렁도 시대의 변천에 따라 실직자 신세가 되어 이제는 쓸모없는 평범한 돌이 되어 버려지고 있는 것이다.

돌만이 변한 것이 아니라 사람도 많이 변했다. 현대인들은 근로는 기피하면서 많은 수입을 얻으려 한다. 최소의 투자로 최대의 부가가치를 창출하려는 것이다. 모두가 이에 도전하나 목적을 달성한 사람은 적고 낙오자가 많은 것이 문제다. 하지만 육체노동은 3D 업종이라 해서 쳐다보지도 않고 놀기만 하니 이런 사람은 마치 나의 집 정원의 덩드렁처럼 거칠고 인간으로서의 품격도 상실되어 감을 보게 된다. 참으로 안타까운 생각이 든다. 노는 것은 그 자체가 불선不善이다. 사람과 덩드렁이 다른 점은 덩드렁은 사람을 위하여 많은 공헌을 했는데도 가만히 있는 반면 사람은 놀기만 하면 성격이 사악해진다. 악인은 돌보다 무익한 존재다. 사람 악한 것은 끝끝내 골치를 아프게 한다. 놀면서 땀 흘려서 모은 돈을 거저 달라 한다. 그게 복지라는 것이다.

사람은 일을 해야 한다. 직업이란 소중한 것이다. 그 근로가 인성人性을 맑고 밝게 하여 준다. 옛글에 근로는 값을 헤아릴 수 없는 보배다(勤爲無價之寶)란 글이 있다. 참으로 만고의 진언이다. 일 없이 놀면 마음속에서 일어나서는 안될 이상야릇한 악마의 유혹 소리가 들려오게 되어 있기 때문이다.

옛날에는 덩드렁 옆에는 '덩드렁마께'가 반려자가 되어 서로 때리고 얻어맞으면서 협력하여 생산에 일조를 하였었다. 하지만 지금 덩드렁마께는 행방을 알 수 없고 덩드렁만 홀로 쓸쓸히 정원의 한 구석에 방치되어 있어 나로 하여금 고수孤愁의 감상感傷에 젖게 한다.

이 거칠어진 덩드렁을 보면서 많은 생각에 잠기게 된다. 사람을 위하여 숱한 고초를 당하면서도 언제나 표정 한번 바꾼 적 없이 의연한 모습이었고 실직하여 버려진 후에도 "외롭다. 무시한다."는 불평 한마디 없이 조금도 그 모습이 흐트러짐이 없으니 인간으로서는 넘볼 수 없는 경지가 아닌가! 이 덩드렁이야말로 우리 인간의 스승이라는 생각을 하게 된다.

오늘 나는 실직하고 짝조차 없이 쓸쓸히 있는 이 덩드렁을 아름답게 닦아서 멋있는 좌대에 올려놓기로 했다. 옛날에 우리 가족을 위하여 많은 공헌을 하였고, 어머니께서 땀 흘려 구해 온 돌이기 때문에 당연히 가족의 사랑을 받을 자격이 있기 까닭이다. 그리고 좌대에는 덩드렁의 내력을 다음과 같이 쓰고 싶다.

"이 돌은 4·3의 혼란기에서부터 우리 가족의 생계를 위하여 지대한 공헌을 한 돌이다. 한천교 남쪽 냇바닥의 많은 돌 가운데서 우리 가족과 인연이 닿아 어머니의 등에 업혀 온 돌이다. 그러므로 나의 후손들도 이 돌을 사랑하면서 조상의 음덕을 생각하기 바란다."

(2008)

낙산사 의상대에 서서

북적대는 제주 공항과는 대조적으로 청주공항은 아주 조용한 시골 공항이다.

우리 일행 열세 사람은 9시 30분에 조용한 청주공항에 내렸다. 버스를 타고 홍천에 이르러 허기진 배를 달래고, 인제군 만해마을에서 거행하는 만해대상 시상식에 참석하였다. 만해대상 시상식은 시골에서 거행하는 시상식이 아니었다. 상의 범위와 질이 세계적이라 할 만큼 성대하게 거행하였다. 제주도에도 이만한 상이 하나 있었으면 하는 부러움을 느꼈다.

시상식 후 만해와 전두환 전 대통령이 머물렀던 백담사를 찾았다. 백담사 가는 길은 좁고 험했다. 백담사는 전두환 대통령이 머물고 간 후 큰 사찰로 변모하였다고 한다. 주변의 높은 산과 맑은 개울물소리를 들으며 만감에 젖은 시간도 잠시 우리 일행은 발길을 돌려 버스에 몸을 싣고 양양군 강현면 낙산사로 차를 몰았다. 태백산맥의 등성이를 넘어 낙산사와 가까운 곳에 이르니 해는 붉은 놀만 남기고 이미 수평선 아래로 모습을 감

추었다. 동해의 저녁 바닷바람을 호흡하며 느긋한 마음으로 출
출한 배를 달렸다,

　모처럼 찾은 동해안이다. 노래 한 곡 안 부르고 이불 속에 기
어들겠는가? 일행과 함께 노래방을 찾았다. 동료들은 모두 노
래 솜씨가 수준급인데 나는 겨우 돼지 멱 따는 소리로 감정을
뿜어냈다. 조상님께서 어찌하여 나에게 고운 목소리를 안 주셨
을까? 때로는 섭섭한 생각이 든다. 은석恩石 회장과 같은 방에
서 여독을 풀었다. 오旲 부회장의 제의에 따라 다음날 아침 5시
에 낙산사 의상대까지 산책하기로 했다. 아침 4시 50분에 호텔
로비에서 서로 만나 목적지를 향해 걸음을 옮겼다. 바람 한 점
없는 아침의 거리다. 밝은 전기불만 사람 없는 아스팔트 위를
무심히 비추고 있었다. 제주도의 아침거리보다 훨씬 조용했다.
가로등 불빛을 밟으며 옛 추억을 더듬어 본다. 30년 전쯤이리
라. 당시에도 의상대 절벽 위에서 바다를 바라보면서 많은 생
각을 했던 기억이 아련하다. 이 거리는 당시와는 너무 많이 변
하였다. 개발의 속도와 질과 규모도 눈부시게 가속이 붙은 것
이다. 발전의 목적은 잘 살아 보려는 것인데, 우리 국민의 행복
지수가 점점 낮아지는 게 안타깝다. 발전이란 것이 어째서 이
런 역현상을 일으키는가?

　대략 오백 미터 정도 걸어서 의상대에 도착했다. 동쪽 수평
선 하늘이 붉게 물들어 아침 해가 우리를 맞을 준비가 끝났음

을 알리고 있었다. 바다의 수면이 너무 잔잔하여 마치 거울 면을 방불케 한다. 나의 마음은 고요한 바다와 하나가 되어 무아지경이 된다. 바다는 마치 깊은 명상에 잠긴 듯하다. 나는 이런 분위기가 매우 좋다. 수평선까지 마음도 수면 위를 미끄러져간다. 시끄럽고 소란스러운 세속에서 피로해진 정서를 자연은 침묵과 부동으로써 맑게 씻어 준다. 저 바다는 그 밑에 온갖 만상萬象을 품고 있다. 그런데도 무의 경지가 아닌가. 아무것도, 품은 것이 없는 듯 조용하다. 석가여래 부처님도 정적 속에서 깊은 명상에 잠겼지 않았던가. 석가여래부처님의 마음도 저 바다 속처럼 인간의 복잡한 번뇌가 얽혀 있었을 것이다. 그것을 정관명상靜觀冥想을 통하여 잔잔한 물결처럼 녹여내어 고통 속에서 허덕이는 중생들을 제도하신 것이 아닌가 싶다. 부처님의 뜻은 온 인류의 마음을 저 바다와 같이 잔잔하고 평화롭게 하려 했을 것이다. 나와 마주한 바다는 정적으로써 나의 마음을 깊은 사색의 바다 속으로 끌고 들어간다. 동해의 좋은 아침이다.

'해인海印'이란 단어 속에 부처님의 슬기란 뜻이 담겨 있다. 이를 어렴풋이 이해할 수 있을 것 같다.

서도 작품을 쓸 때는 언제나 무아지경에 푹 빠져서 정중동靜中動의 긴 터널을 미끄러져 지나오지 않았던가. 육칠십 대에는 이런 분위기에 젖어 하루를 꿈속을 헤매듯 보내곤 하였다. 그래서 저 바다와 같은 정靜의 체험을 많이 한 셈이다. 이 순간의 동해는 마치 큰 도량 같다. 이보다 더 훌륭한 도량을 어디서 만날 수 있을까.

제주도의 바다는 언제나 넘실거려 동적인 분위기이나 양양의 바다는 동적 분위기를 다 소화시킨 정의 극치 같다는 생각이 든다. 이제 저 정靜의 내면에서 장엄한 아침 해가 떠오르리라. 그래서 온 천하를 밝게 하리라. 부처님의 지혜의 빛이 어리석은 나의 마음을 밝혀 주는 것 같다. 나는 모처럼 그 위대한 과정을 가슴에 담으려고 낙산사의 의상대에 서 있다. 오늘 이 바다를 보며 마음이 밝아진다면 다시 무엇을 더 구한단 말인가! 하지만 용렬한 나는 막연히 생각만 하고 깊이 사색하지 않고 돌아서면 망각하고 만다.

나의 기원에 응답하려는 듯 수평선에 아침 해가 머리를 내밀려는 순간 공교롭게도 검은 구름이 아침 해를 가로 막는다. 하지만 잠간 후 해는 드디어 구름 사이를 비집고 나왔다. 구름이 물러간 때는 태양의 열기가 뜨겁고 그 빛이 너무 강렬하여 카메라에 담을 수도 없고 소망을 빌 수 있는 분위기는 사라지고 말았다. 아쉬운 순간이었다.

인간은 끊임없이 마음을 닦음으로써 마음의 구겨진 것은 펴고 탐욕으로 가득 채워진 것은 덜어내며 뜨거워진 것을 식히며 평온과 여유를 유지하고 마음속에 진·선·미의 싹을 키우게 되는가 보다. 그래서 자연은 우리의 마음을 속되지 않게 하는 조물주의 선물이다. 바다의 상큼한 해기海氣며 수억 겁을 바다물결에 씻기며 곱게 닦인 바위들의 떳떳한 자태를 보면서, 자연의 위대한 힘과 게다가 그것들이 우리의 삶에 행복을 주는 데 감사하였다. 연화정과 해변을 돌아 발길을 돌렸다.

낙산사는 신라 문무왕 11년(671년)에 의상대사義湘大師에 의하여 창건되었다고 한다. 낙산洛山은 범어 보타락가補陀落伽(potalaka)의 준말로 '관세음보살이 항상 머무는 곳'이란 뜻이라 한다. 고려 초에 산불로 소실되는 아픔을 겪기도 했고 몽고의 침략 때는 전소 당했으며 지금의 낙산사는 2005년 4월 5일 산불로 말미암아 소실된 후 복원한 모습이다. 당시 TV 화면을 보면서 얼마나 놀라고 마음 졸였던가! 새로 복원된 낙산사를 보면서 마음이 흐뭇해진다.

다시 언제 낙산사를 보게 될까! 나에게 주어진 여행 기간이 얼마 남지 않았으니 아쉬운 마음이 들기는 하나, 이만한 여행 기간을 준 것도 많은 배려라고 생각한다.

낙산사는 나의 마음속에 짙은 인상을 남긴다. 동해의 정적을 가슴에 아로새기고 다음 스케줄에 따라 차에 몸을 실었다.

이번 여행은 나에게는 매우 뜻 깊은 여행이다. 나를 제외한 일행 모든 분이 부처님 가까이에 계시는 불심이 도타운 훌륭한 분들이기 때문이다. 여행의 스케줄도 의미 있고 아름다웠다. 행복한 체험의 연속이었다. 그런데도 낙산사의 바닷가 의상대에서 바라보는 조용하고 잔잔한 바다! 만상을 품고도 거울 같은 바다를 바라보면서 사색에 잠겼던 순간을 잊을 수 없다.

(2016)

바다

  2017년 9월 3일 일요일 무더위를 떨치던 가마솥 더위도 한 풀 꺾이고 하늘도 서늘하게 식은 맑은 아침, 제주수필문학 회원들이 모여 제주도 동쪽 해변가를 여행하며 그 아름다운 바다를 가슴에 품었다. 서쪽 바다는 짙푸르고 동쪽 바다는 덜 푸르다. 물밑에 하얀 모래가 깔려 있기 때문이다. 제주의 바다는 어디를 가든 언제 보아도 아름다워서 마음을 맑게 해 준다. 외지 출신들이 많이 들어와서 맑은 해변에 근접한 곳에 삶의 터를 닦고 있음을 보게 된다. 좋은 현상이다. 세계 어디에도 제주도처럼 눈과 마음을 시원하게 해 주는 곳은 없다.

  사오십 년 전만 해도 제주도에 대한 외지 사람들의 인식이 매우 어두웠고 부정적이었다. 그 당시, 필자가 부산 경남 일대를 다닐 때에는 웃기는 질문을 하는 사람을 많이 만났던 기억이 잊히지 않는다.

  "제주도에서 공을 차면 공이 바다에 빠진다면서요?"

  "예, 그렇고 말구요. 빠집니다."

"제주도에서도 축구를 할 수 있습니까?"

"예, 할 수 있습니다."

"공이 바다에 빠지는데 어떻게 축구를 합니까?"

"아! 바닷가에 공을 놓고 바다를 향해서 발로 차면 공이 물에 텀벙 빠지지요. 하지만 축구장에서는 아무리 멀리 차도 바다에 안 빠집니다."

"하하하, 정말 웃기십니다."

"웃는 건 자유입니다만, 저는 사실을 말했을 뿐입니다."

"하하하, 하하하, 하하하.……"

외지 사람들이 제주도 섬놈 골려 주려고 짓궂은 질문을 할 때는 나도 같이 웃겨 주려고 재미있게 대답을 한 일이 한두 번이 아니었다. 사실은 산촌에 사는 사람 가운데는 바다를 모르는 사람도 많을 것이다. 근래에는 그런 질문을 하는 사람이 없다. 관광의 중심지요 보물섬인데 감히 그런 불경스러운 질문을 할 수가 있겠는가.

제주도 바다는 아름답다. 물색이 곱고 투명하여 보는 사람의 마음을 깨끗이 씻어 주는 역할을 충실히 한다. 물론 모든 사람의 마음을 씻어 주지는 않는다. 바다도 사람을 분별할 줄 안다. 염치없는 자에게는 어림도 없다. 마음이 맑아지기를 원하는 사람에게만 값진 선물을 준다. 하지만 바다는 짓궂게 사람을 골려 주기도 한다. 바다에서 헤엄치다가 바닷가로 올라오려고 바위를 잡고 올라오는데 뒤에서 물결이 몰래 사람의 몸을 밀어 버릴 때가 한두 번이 아니었다. 물결은 장난꾸러기다. 돌아서서 욕을 해도 못 들은 척 물러갔다가 다시 달려든다.

제주 바다는 애환을 많이 품고 있다. 여자들의 숨비소리를 매일 들으면서 철썩철썩 바위를 치며 춤을 춘다. 때로는 슬프게, 때로는 즐겁게 반복해서 춤을 춘다.

제주도 바다는 부지런하다. 전복, 소라, 자리, 북바리 ,갈치. 고등어, 돔, 미역 톳 등을 잘 키워서, 무상으로 내주어 어부와 잠녀들의 수입을 올려 준다.

구좌읍 하도의 해녀기념관에 들러서 해녀의 활동상을 보며 옛 어머니들의 강인하고 부지런함에 많은 감동을 가슴 가득 품고 다시 길을 떠났다. 그래도 해녀에게는 영광스러운 기념관을 지어 주었다.

하지만 농사지은 어머니는 어쩔 것인가? 한여름 35도 땡볕에 조밭에서 여름 동안 김을 매어 양식을 생산하여 가족을 먹여 살린 어머니는 불쌍하지도 않은가? 고생을 비교하면 해녀보다 배 이상 고생이 많았다. 제주도의 농사꾼 어머니의 고생은 정말 지독했었다. 나는 어머님의 고생을 너무 잘 안다. 오줌허벅 지고 밭에 가서 종일 밭일을 하다가 저녁에 집에 오면 맷돌을 갈아야 하고 빨래를 해야 했다.

"제주의 어머니여! 정말 감사합니다. 나는 어머니의 고통으로 점철된 한평생을 잘 알고 있나이다. 기념관이 없다고 너무 서러워 마십시오. 사주팔자가 나빠서 해녀로 못 태어난 걸 서러워 마세요." 마음속으로 빌었다.

내가 바다를 좋아한 것은 어렸을 때부터다. 어린 적부터 부모님 농사일을 도우며 살아야 했다. 여름의 가마솥더위에도 부모님과 같이 밭에서 김매는 일을 해야 했다. 그러다가 쉬는 날에는 바다에 가서 바닷가 돌 위에 옷을 홀랑 벗고 고추 달랑 내놓고 물속에 풍덩 몸을 던졌을 때의 기분은 지금도 몸이 오싹 떨린다. 정말 행복한 추억이다.

바다를 소재로 한 훌륭한 글을 읽어도 그 당시의 짜릿한 기분을 맛볼 수는 없다. 나는 제주도 바다와 함께 자랐다. 바다는 언제나 나의 친구가 되어 주었다. 어찌나 다정한지 한 번도 나를 싫다고 한 적 없었다.

차는 김녕에서 해변 길로 들어섰다. 화려한 건물이 바닷가를 따라 늘어섰다. 그 옛날의 자연스러움은 많이 상실하였으나 바닷물은 전과 다름없이 철썩철썩 바위를 치며 환영해 주었다.

오조리에서 점복 죽으로 입과 배를 즐겁게 했다. 배가 부르니 세상이 더 아름다웠다. 금강산도 식후경이라 한 말이 거짓이 아니다. 옆자리에는 사범학교 후배 이순형 교수가 앉아 좋은 이야기를 들려주어서 재미가 곱빼기로 부풀었다.

(제주수필 2017. 9. 5)

단연기斷煙記

　요즈음 담배의 해악에 대한 보도가 자극적이다. 그 맛있는 담배가 왜 이 지경이 되었을까? 담배나 사람이나 시대의 흐름에 따라 팔자가 변하는구나 하는 생각이 든다.

　담배는 자신의 몸을 태워 사람에게 충성을 다하는 것 같았으나, 장구한 세월 동안 사람들을 꼼짝없이 옭아매어 그 소중한 건강을 은밀하게 갉아먹는가 하면 숨통을 끊기도 하였으니, 증오의 대상이 될 수밖에 없다.

　나는 일찍이 담배의 달콤한 유혹에 빠져서 한때를 즐겼었다. 지금도 흡연 전력을 생각하면 기가 차다. 지금의 연동은 4·3 사건 당시에는 작고 빈한한 농촌이었다. 4·3 사건이 일어나자 동민들은 자기도 모르는 사이에 모두가 좌익이 되어 있었다. 좌우가 무엇인지 공산주의가 무엇인지 모르고 순진하게 살아온 동민들이었다. 좌우가 대립하여 혈전이 벌어지자 자연스럽게 휩쓸리게 된 것이다. 어린 나도 어른들과 같이 경찰을 경계하는 비계備戒를 서야 했다. 비계를 서는데 밤이 깊어 가면 졸음을 참을 수가 없어, 꾸벅꾸벅 졸고 있으면 선배 형들은 담배를 자꾸 권한다.

"이놈아, 담배 피워 봐, 담배 피우면 잠이 싹 도망간다. 어린 놈이 담배 피우면 조쟁이 빨라진다야."

이런 농담 중에 한 모금씩 빨던 것이 자기도 모르는 사이에 흡연에 익숙해졌다. 그때 나이 고작 열여섯이었으니 담배 공부는 일찍부터 잘한 셈이다.

그 후 6·25전쟁이 일어나자 그해 7월에 학도병으로 입대하여 화랑담배를 지급 받았다. 새 담뱃갑을 열어 한 개비를 꺼내고 불을 붙여서 한 모금을 빨 때에 느꼈던 행복감은 지금도 잊을 수가 없다. 하지만 지급하는 담배로는 병사들의 흡연 욕을 충족시키는 데는 한참 모자랐다. 그러니 모든 병사들은 연병장에 버려진 담배꽁초를 줍는 데 혈안이 된다. 다행이 괜찮은 꽁초를 주우면 담배에 굶주린 병사들이 모여든다. 짧은 담배꽁초의 연기를 길게 흡입하는 것은 염치없는 행위다. 조금 빨고 다음 동료에게 넘기면서, 자기의 목구멍의 담배 연기가 밖으로 새어나가지 못하도록 애를 쓴다. 하지만 애를 써 본들 얼마나 참을 수 있으랴. 가장 맛있는 담배는 꽁초라는 말이 있거니와, 꽁초를 피워 본 사람만이 그 맛을 안다. 담배의 유혹은 정말 끈질기다. 나는 군 생활하는 동안 완전히 애연가로 변신했다. 골초가 된 것이다. 제대하고 복학한 후에는 숨어서 피웠다. 담배 연기에 누렇게 그을린 손끝을 시멘트 바닥에 문질러 벗기는 데도 신경을 써야 했다. 요즈음 어린 학생들이 장소를 가리지 않고 당당히 피우는 것을 보면 격세지감이 든다.

학교를 졸업하고 직장에 부임하면서부터는 제 세상 만난 양 자유롭게 마구 피워댔다. 목에 가래가 끼고 기침이 나도 그것이 사랑하는 담배 때문이라고 생각하지도 않았고, 담배만큼 맛있는 것이 없었다. 담배 연기를 깊숙이 빨고 내뿜은 연기를 몽롱한 시선으로 바라보는 것이 얼마나 좋았는지 모른다.

모든 것이 과유불급過猶不及이라. 마침내 밤잠을 자다가 자정에 깨어서 담배 한 개비를 피우지 않으면 안될 정도가 되었다.

그러던 어느 날 두 친구와 담배 이야기를 하다가 담배를 끊기로 했다. 누가 먼저 끊는지 내기하자고 셋이서 다짐했다. 그러고 나서 단연斷煙을 결행하려 했으나, 번번이 실패로 끝났다. 그때마다 나 자신의 의지 약함을 한탄하고 스스로를 꾸짖었다. 그러나 하나도 달라지는 것은 없었다. 습관적으로 담배를 사서 무의식중에 빼물고 라이터로 불을 붙인다. 친구들도 매한가지다.

담배 끊을 결심 후 일 년이 훌쩍 지난, 여름의 어느 일요일 밖에는 비가 내리고 있었다. 나는 창문을 열고 쏟아지는 빗줄기를 바라보면서 담배 연기를 연신 내뿜고 있었다. 그러다 퍼뜩 '내가 담배 끊기를 결심한 지 벌써 일 년이 됐는데도 매일 끊을 결심만 되풀이하면서 입에 담배를 꽂고 있다니, 이러고 서야 의지 있는 사람이라 할 수 있겠는가? 하는 생각이 충격적으로 가슴을 내지른다. 의지 약하고 미련한 자신, 담배에 발목 잡혀 꼼짝 못하는 나약한 자신에 대한 증오심이 끓어올랐다. 순간 나는 빨던 담배를 입에서 뽑아 빗방울이 튀는 마당에 내던지고 재떨이도 내동댕이쳐 버리고 단호하게 담배를 끊었다. 담배와 재털이는 비속에서 비참한 최후를 맞은 것이다. 그때 나의 나이 26살이었으니 십년 동안 열심히 피우고 끊었다.

담배를 끊으니 친구들이 독한 놈이라고 조롱하여 난감했다. 하지만 경제적으로 이익이고 담배에 신경을 안 써서 마음 편하고 호주머니가 청결해서 좋고 정신이 맑아서 좋고, 목에 가래가 안 끼고 기침이 없어 좋고 집에는 담배 연기가 사라져서 마누라의 얼굴이 펴지니 좋고 길거리에 담배꽁초 버리는 몰염치도 없어졌으니 삶 그 자체가 깨끗하고 편해졌다. 담배를 끊은 지도 어언 60년이 되었다.

담배는 백해무익하다. 담배를 끊으려면 결심만 되풀이하지 말고 단칼에 요절을 내야 한다. 담배를 매일 끊는 것은 가장 비효율적이요, 거의 성공할 수 없다. 내일 끊겠다는 것은 끊을 자신이 없다는 나약함의 표현일 따름이다. 내일 끊을 것을 오늘은 왜 끊지 못하는가?

(2017)

밭담 감상법

볼품이 없고 귀찮은 밭담은 시야를 가로막아 푸른 들판을 거멓게 물들인다. 높은 동산에 서서 내려다보면 시커멓고 꼬불꼬불한 검은 선으로 보인다. 누가 쌓았는지 쌓은 분들은 저 세상으로 떠나고 돌담의 길이는 만리장성보다 더 길다. 밭 가운데 들어가서 보면 사방을 봉쇄한 구멍이 뻐끔뻐끔 난 볼품없는 밭의 울타리다. 밭담을 건너려면 매우 조심해야 한다. 잘 무너지기 때문이다. 이 밭담은 시류를 따라 거추장스럽고 쓸데없는 물건으로 전락했다. 그런 밭담이 어느 날 갑자기 빛을 발하기 시작했다. 확인해 본 바는 없으나 세계 어디에도 이런 밭담은 없을 것이다. 이 희한한 괴물 같은 돌담이 어느 날 유네스코 문화유산으로 등재된다고 했다.

대부분의 돌담은 석공들이 돌을 가공하여 튼튼하고 멋스럽게 쌓는다. 하지만 제주의 밭담은 무너지지만 않으면 된다. 자연석을 한 줄로 쌓은 것이 특이하다. 밭과 밭 사이의 경계선 역할이 존재의 목적이다. 밭담을 조금이라도 잘못 움직이면 경계

선을 침범했다고 옆 밭주인과 경계선 싸움이 일어나는 것을 볼 수 있었다. 그 밭담은 농작물이 자라는 데 바람막이의 역할도 한다. 그리고 소와 말이 밭에 침범하여 농작물을 훼손하는 것을 방어하는 역할도 훌륭히 한다.

반대로 풀이 무성한 휴전休田에는 우마를 가두어서 풀을 뜯게 한다. 우마는 풀을 뜯으면서 분뇨糞尿를 배설하여 토양을 비옥하게 한다. 밭담은 이렇게 다양한 기능을 오랫동안 해 왔다.

하지만 큰 비바람이 오면 돌담과 잣벽은 무너져 밭을 경작할 수 없을 때도 있다. 밭 임자는 이를 원상복원하려면 한 달 또는 두 달 간 쉬지 않고 무너진 돌덩이와 혈투를 해야 한다. 원상복원 작업은 사람의 기를 죽인다. 엄두가 나질 않는다. 그 정경을 말과 글로 어떻게 표현할 수 있을까. 지금은 자동차도 있고 포클레인도 있다. 옛날에는 기껏 쓸 수 있는 장비는 호미와 낫과 괭이와 삼태기가 전부다. 마차도 리어카도 없었다. 다만 사람의 손과 발이 있을 뿐이었다. 밭담과 잣벽은 그 땅이 밭이 되기 전에 그 땅에 깔려 있던 돌이다. 우리 조상님들이 그 땅을 밭으로 만드는 과정에서 땅에 묻혀 있던 돌과 자갈을 캐어 쌓음으로써 이루어진 것이다.

나도 십여 살 적, 그러니까 75년 전이다. 큰 비가 내려 지금의 삼무공원 동쪽으로 큰물이 흘러, 높은 잣벽으로 경계가 되어 있는 우리 밭의 남쪽 경계 80여 미터 정도가 무너져서 밭은 온통 큰 돌과 자갈로 뒤덮여 버린 일이 있었다. 그래서 어린 나도 부모님과 같이 고역을 치러야 했다. 그 밭은 우리 가족에게 식량을 공급해 주는 없어서는 안될 밭이었다. 그해 여름에는 학교도 못 가고 부모님과 같이 그 돌과 자갈과 싸워야 했다. 나는 자갈을 나르고 잔심부름을 하였다. 작은 힘이라도 보태야 했다. 금강산도 식후경이라 하지 않았던가. 밥 먹고 살아야 공부도 할 수 있는 이치는 어릴 적부터 절절히 알았다. 그러므로 공부는 못해도 일을 해야 했다.

요즈음 세인들이 이 밭담을 말하기를 제주도 전체의 밭담의 길이가 몇 킬로미터라는 등, 길이가 긴 것을 자랑한다. 밭담의 구멍이 난 것을 마치 특이한 기술로 쌓아서 잘 무너지지 않는다고 한다. 모두 일가견이 있는 것처럼 그럴 듯한 고견들이다. 제주의 밭담은 기술자가 쌓은 게 아니다. 아지방도 쌓고 아지망도 쌓고 노인과 아이들도 쌓은 것이다.

큰 돌을 굴려다가 기초를 놓고 돌의 크기의 차례로 쌓아 간다. 아랫돌 위에 올려놓은 돌이 무너지지 않으면 된다. 돌이 크고 작은 것이 있으면 큰 것은 밑에 놓고 다음 큰 것부터 쌓아 간다. 큰 돌을 올려놓으려면 돌을 가슴에 안고 겨우 무릎 위까지 올려놓고 다시 힘을 가다듬어서 가슴에 안고 허리를 펴야 하는데, 젖 먹은 힘을 다 내어야 겨우 쌓은 돌 위에 올려놓을 수 있었다. 손을 다치기도 하고 발등을 찍힐 때도 있다. 또 손가락이 돌틈에 끼어 병신이 되기도 한다. 돌 한 덩이 올려놓는 게 쉽지 않았다. 힘에 맞는 작은 돌로 쌓은 밭담이 오래 가지 않고 바람에 무너지기 쉬우므로 가능하면 큰 돌로 쌓으려 했다. 그래야 웬만한 바람이 불어도 무너지지 않기 때문이다. 그리고 소와 말이 담 넘어 농작물을 뜯어먹는 것을 예방할 수 있다. 그러므로 돌담 높이를 1미터 50센티 이상의 높이로 축조한다. 그 밭담은 피와 땀으로 쌓은 것이다. 그 밭담에 코를 대고 냄새를 맡아 보라. 아직도 할아버지 할머니의 땀냄새가 날 것이다.

놀고 즐기기를 좋아하는 요즈음 사람은 그 고통을 모른다. 오랜 역사는 몰라도, 조상님들의 고통을 알아야 사람이다. 고통을 모르는 사람은 공짜를 좋아한다. 염치가 없다. 모든 게 거저 된 것으로 안다. 오늘날 우리가 잘 살 수 있는 것은 조상님들의 그 피와 땀 위에 개발을 더 하였기 때문이다.

요즈음 들어 이 돌담이 새로운 가치를 얻게 되었다. 유네스코의 문화유산으로 등재되었기 때문이다. 유네스코에 등제된 것이 우리가 잘해서가 아니다. 앞에서 언급했지만 조상님들의 거친 자연을 개척한 자취가 세계 어느 곳에서도 볼 수 없는 신기한 돌담문화를 창조했기 때문이다.

"야! 돌담 길이가 길다. 세계적이다. 유네스코 문화유산으로 등재된다더라. "우리들의 아는 수준이 그 정도일 것이다. 이런 겉핥기와 눈요기 감으로 그 돌담의 의미를 말하면 안된다. 그러면 밭담의 의의는 상실하게 되고 엉뚱한 헛소리를 하는 것이 된다.

우리는 대나무와 소나무에서 추위에도 굴하지 않는 끈질김을 배운다. 매화를 보고 겨울의 추위에도 굴하지 않고 향기로운 꽃을 피우는 지조를 배운다. 이와 같이 배우고자 하는 사람은 동식물에게서도 좋은 점을 배우게 된다. 배우고자 하는 의욕이 있는 사람에게는 도처에 스승이 있다. 이와 같이 돌담을 보면 우리 선조들의 그 노역하는 모습을 볼 수 있어야 한다. 어찌 가볍게 볼 것인가?

제주도를 개척한 선조의 끈질긴 개척정신을 마음에 새겨야 한다. 그리고 조상의 고마움을 잊지 말고 우리도 열심히 그리고 바르게 살아야 한다. 제주도에는 아름다운 자연만 있는 게 아니다. 거친 자연과 싸우며 이를 개척한 선조들의 개척정신이 우리의 가슴을 감동시키고 용기와 노력의 가치를 가르쳐 준다.

이러한 악조건 속에서 피땀 흘리면서 어렵게 살면서도 우리 조상님들은 삼무정신을 품고 살았다.

삼무정신과 밭담이 어떻게 어울릴까? 우리는 어떻게 살아야 할 것인가? 밭담을 보면서 진지하게 생각해 보자.

(2017)

동사제 洞社祭

설을 이틀 앞둔 날, 동네 후배가 찾아왔다.

"형님이 꼭 해 주셔야 할 일이 있어서 찾아왔습니다."

"이 사람아, 내가 할 일이 무엇인가? 나는 이제 팔십이 된 쓸 모없는 사람 아닌가."

나는 모든 번거로움에서 벗어나 한가로움을 즐기며 초연히 살려 하는 터다.

"이 사람, 뜸 들이지 말고 어서 말이나 해 보게."

"동사제의 초헌관을 맡아 주셔야 하겠습니다."

나는 정중히 사양하였다.

"내 나이가 얼마인가? 젊은 사람이 얼마나 많은가 말이야. 예로부터 70이 넘으면 부모의 초상을 치르는 데도 상주를 자식에게 넘기고 옆에 가만히 앉아 있으라 하지 않았는가?"

그래도 쉽게 물러설 기세가 아니다.

"이번 동사제의 초헌관은 대서예가인 형님을 꼭 모시고 거행하렵니다."

불퇴전의 고집이다.

회고컨대 나는 4·3 당시 용담으로 피난한 후 객지 생활을 계속하여 고향 사정에 어둡다. 귀향 후에도 학원 운영, 서예계의 일들로 동네 일에는 거의 관심을 갖지 못하였다. 더욱이 부모님과 조상님의 영령을 제외하고는 다른 신을 믿지 않는다. 그래서 동사제洞社祭에도 관심을 두지 않고 있었다. 하지만 후배들의 간곡한 청을 한 번쯤은 들어 주어야 되겠다고 생각하여 응낙하였다. 찾아 온 후배들은 유림회 연동분회장과 임원이다.

유년시절 동사제 지내는 것을 보았었다. 동네에서 유학과 글씨에서 나의 선친을 따를 사람이 없었다. 동사제를 지내는 절차에 따라 제수를 마련하고 축문을 바르게 쓰고 집례를 하는데도, 홀기笏記를 멋스럽게 부르는 것도 모두 선친의 몫이었다.

제일祭日은 정월의 첫 정일丁日이라 언제나 추위에 덜덜 떨면서 봉행해야만 했다. 제일이 가까워지면 동네 어귀에 금줄을 매어 잡인이 들어오는 것을 금하고 제관과 동민들은 몸가짐을 매우 조심하여 애경사에도 참여하지 않았다.

중학생 시절 아버지가 쓰신 동사제축문을 잠깐 읽은 기억이 있다. 동사제의 축문에서 동사제에 모시는 신을 알 수가 있었다. 구천을 떠도는 외롭고 억울한 주인 없는 신들이라는 것을 지금도 어렴풋이 기억하고 있다.

동사제는 국어사전에는 '포제酺祭'라고 했다. 그래서 동제를 동사제, 포제酺祭라고도 한다. '포酺'는 '연회, 재해災害를 내리는 신'이라는 뜻이 있다. 그러니까 포제는 주인 없는 배고프고 억울한 귀신들을 초대하여 위로하는 제인 것이다. 배고프고 억울한 귀신이면 재앙을 내리기도 하리라. 데모라도 하지 않겠는가.

아무튼 우리 조상들은 이 척박한 땅을 일구며 살아오는 동안 가정과 마을의 안녕을 위하여 정성들여 동사제를 거행하면서 오늘의 우리들을 있게 한 것이다. 나는 이런 조상들의 정성을 고맙게 생각한다.

조상들은 어려운 사람을 도우면서 살아왔다. 나의 유소년 시절에는 길에서 아는 분을 만나면 "밥 잡숩데가? 또는 밥 먹읍데가?"라는 인사말이 유행이었다. 때를 거르는 사람이 있었기 때문이다. 어떤 분은 "식은 밥이라도 있건 좀 줍서." 라고 대답하는 사람도 있었다. 그러면 집에 데려다가 먹다 남은 밥이라도 한 그릇 드리기도 하였다. 밥을 얻어먹은 사람은 대부분 그냥 가는 일이 없고 밭일을 도와 준다. 그러면 주로 보리쌀이나 좁쌀로 품삯을 준다. 이런 상부상조의 정신으로 따뜻한 정을 나누면서 살아왔다.

이런 조상들이라 굶주리고 외롭고 억울한 영혼들을 모른 체 외면할 수 없었으리라고 생각하니 포제는 의미심장하다. 더욱 정성스러워야 한다고 생각하게 되었다.

이왕 초헌관의 소임을 맡았으니 심신을 정성스럽게 해야 한다. 8일부터 3일 간을 합숙하였다. 헌관 세 사람은 의관을 갖추고 병풍을 친 자리에 차례로 앉아 오는 손님으로부터 절을 받았다. 모든 동민들과 각 기관원들은 헌관에게 경의를 표하고 헌금도 하였다. 9일, 10일에는 우천인데도 눈비를 맞으며 예행 연습도 하였다.

드디어 11일 정ㄱ일의 자정이 되어 동사제 거행을 선포한다. 집례의 엄숙한 목소리에 따라 동사제는 한 시간여에 걸쳐 진행되었다. 우리 헌관들은 금년 한 해 동안 우리 연동이 무사태평하기를 제신에게 기원하였다. 간절히, 간절히.

(2011)

복지 정책의 허실
-아기업개의 말

　며칠 전 보도에 의하면 저소득 직장인들이 실직 수당을 받으려고 직장을 포기한다는 보도가 있었다. 지금 복지정책 시행 방법이 중소기업의 인력난을 부추기고 국가재정을 어렵게 만드는 얼간이표 정치꾼의 어리석은 방법이라는 것이 여실히 드러난 것이다.

　제주도 속담에 "아기업개 말도 들어라."라는 말이 있다. 나는 아기업개다. 아기업개가 한마디 하고자 한다. "책 속에서 구시求是 하지 말고 실사구시實事求是 하라."고 권하고 싶다. 바른 복지정책을 실행하려면 일하는 자에게 수당을 주고 노는 자에게는 한 푼도 주지 말아야 한다. 한 달에 100만 원의 급여를 받는 자에게 100만 원을 주면 200만 원의 수입이 될 것이다. 이는 최저 생활을 영위할 수 있는 소득이 될 것이다. 부인이 활동을 하면 80만 원을 더 벌 수 있을 것이니 이를 합산하면 280만 원이 되니 생활에 안정을 얻게 된다.

빈둥빈둥 노는 자에게 100만 원을 준다면, 100만 원 보수를 받는 사람은 물론이고 130만 원을 받는 사람도 직장을 버리고 놀면서 달콤한 공돈 100만 원 정부 지원을 받으려 탐낼 것이다. 차라리 100만 원의 보수를 받는 착한 사람에게 100만 원을 지원하고, 게으름뱅이 노는 사람에게는 30만 원을 주는 것이 좋을 것이다. 그래야 중소기업의 인력난이 해소된다. 사지가 멀쩡한데도 노는 젊은이에게는 한 푼도 주어서는 안된다. 땀 흘리는 일자리는 여기저기 널려 있다.

그리고 무한경쟁의 논리로 약육강식해서는 더욱 안된다. 대기업이 골목 상권을 잠식하여 소상인의 생존권을 박탈하는 것은 도덕적으로 정당화될 수 없다. 대기업이 염치없이 골목 상권까지 침투하면 사회 불안이 가중된다. 골목 상권이 죽으면 영세 상인이 실업자로 전락하고, 건물 주인은 건물을 임대할 수 없으니 건물은 있으나 소득은 없고, 집을 관리하는 데 지출이 생기니 이 또한 빈곤층으로 떨어진다. 이렇게 되면 중산층이 몰락하고 사회 불안이 증폭된다. 돈을 버는 것은 좋은 일이다. 하지만 돈을 버는 데도 염치가 있어야 한다. 이웃과 같이 살지 않으면 그 많은 돈이 재앙이 된다는 것을 알아야 한다. 하지만 한가히 놀면서 국가 재정을 좀먹는 것은 더욱 큰 악이다.

정치권에서는 양질의 일자리를 공급하겠다고 하면서 양질의 일자리가 어떤 것인지는 구체적으로 꼭 집어서 제시하지 않고 있다. 양질의 일자리란 3D 업종은 제외한 것일 것이다. 손에 때 묻히지 않는 직업을 말한 것이라면 정말 국가를 망치려는 탁상 악론卓上 惡論이 아닐 수 없다. 앞서도 언급했거니와 농사는 누가 지으며, 고기는 누가 잡으며, 건설 현장에서 공장에서 기름 묻히고 땀 흘리는 일은 누가 할 것인가? 이를 해결하려면 괴롭고 힘든 일을 하는 사람을 우대하는 사회 기풍을 만들어야 한다. 숙련된 기술, 고도의 학문을 우대하는 것은 좋다. 하지만 사람은 자신의 의도대로 태어난 것이 아니다. 낮은 수준의 기능인도 살 수 있는 사회가 되어야 한다. 양질의 일자리만으로는 이 사회가 지탱할 수가 없다. 땅을 파는 사람, 고기를 낚는 사람, 청소하는 사람, 밭에서 풀을 뽑는 사람, 도축하는 사람, 오물을 수거하는 사람, 페인트 공도 있어야 한다. 이 사회는 양질의 일자리만으로는 한시도 유지할 수가 없다. 모두가 공무원이 되고, 컴퓨터만 들여다보는 사무원이 되는 사회는 있을 수 없다. 그런 사회는 하루도 지탱할 수 없다.

창조주는 이것을 예견하고 사람을 모두 다르게 창조한 것이다. 성인聖人으로부터 노동자에 이르기까지. 지능·취미·능력·인품이 다른 인간을 태어나게 하였다. 그래서 어떤 사람은 CEO가 되고 어떤 사람은 사무원 기능직을 맡게 하고, 어떤 사람은 청소부를 하게 한 것이다. 이런 자연의 이치를 무너뜨리고 모두를 사장으로 만든다면 그 회사는 한시도 지탱하지 못한다.

하늘의 섭리대로 다양하게 사는 것이 순리다. 그래야 행복해진다.

양질의 일자리만을 공급하겠다는 자는 세상 물정을 모르는 어리석거나 사회질서를 문란시키려는 불순한 의도가 있는 자다. 양질의 일자리를 만드는 구체적 안을 제시하지 않고 선동만 하는 자는 악인이다.

그러므로 국가 정책은 열심히 일하면 생계 걱정하지 않고 살수 있게 해야 한다. 사장에게만 많이 주고 현장에서 궂은 일 하는 사람은 박대하면 안 된다. 자본주의 하에서는 어쩔 수 없다고 변명하는 것은 옳지 않다. 자본주의도 모든 사람들이 잘 사는 사회제도가 되어야 한다. 능력이 뛰어난 사람은 우대를 받아 마땅하나 지나치면 화를 부른다.

국민이 다 같이 잘 살려고 국가가 있고 정부가 있는 것이다. 경사가 급하면 물은 폭포가 되어 요동친다. 사람 사는 사회도 마찬가지다. 물도 너무 평형을 유지하면 흐르지 못하여 마침내 썩는다. 그러므로 완만하게 흐르도록 물길을 터야 한다. 이것이 정부가 할 기능이라고 생각한다. 나는 복지에 대한 연구를 한 바 없다. 다만 실정을 모르고 책의 문구나 암기하고 떠벌이는 사람의 주장에 지나치게 귀 기울여서는 안된다. 하지만 "아기업개 말도 들어라."라는 말에 귀 기울여야 한다. '아기업개'란, 바로 나 같은 사람을 말한다.

(2015. 7)

사랑의 전도사

　서늘한 바람이 불어오는 가을 하늘이 상쾌한 날 아침 해의
높이가 10시쯤 된 시각이다. 대문 벨이 울린다. 나는 여느 때와
는 달리 손님의 신분도 확인하지 않고, 버튼을 눌러 대문을 열
어 주었다.

　어디서 택배가 배달되었는가? 즐거운 선입감으로 현관문을
열고 정원에 나갔다. 나의 선입견이 빗나간 것이다. 말쑥하게
차린 60대 초반의 신사 두 분이 정원으로 들어서며 국화꽃보다
도 더 온화한 웃음을 보낸다. 얼른 보기에도 인자한 분이었다.
나의 무딘 안목으로도 일견하여 사랑의 전도사임을 알 수 있었
다. 가을 햇볕이 정원의 나뭇잎과 잔디 위에서 눈부시게 부서
지고 있었다.

　"정원이 참 좋습니다."

　"감사합니다. 초라한 정원인걸요. 무슨 일로 오셨습니까?"

　"잠깐 중요한 말씀을 드리려고 왔습니다."

　나의 예감이 맞은 것이다.

"말씀하지 않아도 무슨 말씀인지 알겠습니다."

"살아가면서 의문 나는 점 같은 건 없습니까?"

"그런 거 없습니다. 나는 그냥 그런대로 살면서 알려는 욕심 같은 것을 이미 버렸습니다."

"신앙은요? 불교나, 예수교나?"

"신앙은 없는 게 좋습니다. 신앙은 사람을 속박하거든요. 교회에 못 나가면 죄 지은 것 같고 또 헌금할 돈이 없으면 기가 죽고, 헌금 액수가 너무 적어도 마음이 위축되고, 무엇 때문에 그런 부담을 가지고 전전긍긍하며 삽니까? 저는 구애 받는 걸 싫어하는 게으른 사람입니다."

"기독교에 관심을 가져 본 일이 있습니까?"

"저도 개신교에도 다녀봤고 성당에도 나가 봤습니다. 그러나 그냥 자연 그대로 사는 게 마음이 더 편합니다."

"거기(교회나 성당)에도 마음에 안 드는 점은 없었습니까?"

"왜 없겠어요. 사람이 모이는 데는 어디나 좋은 점과 나쁜 점이 혼재해 있게 마련 아닙니까? 어디는 좋은 점만 있고 어디는 나쁜 점만 있겠습니까? 사람 사는 사회가 다 그렇지요, 뭐"

"제가 말씀해도 되겠습니까?"

"무슨 말씀을 하려는지 저는 잘 압니다. 하지 마십시오. 방금 말씀 드렸지만 저는 그냥 지내고 싶습니다. 마음속에 어떤 의문을 품고 깊이 고뇌하고 그런 거 싫습니다. 그냥 편하면 좋습니다. 저 파란 하늘을 흐르는 흰 구름을 보십시오, 얼마나 한가롭고 자유로운가!"

가을바람이 댓잎을 살며시 흔든다. 댓잎이 흔드는 걸 보면 바람이 부는 것을 알 수 있다. 흰 구름이 한가로이 하늘 복판을 흘러간다. 그 정경을 접하면 자연의 순리를 알 수 있고, 거기서 삶의 이치를 깨닫게 된다. 더 말을 들어도 그 이상의 의미를 느낄 수 없다.

감나무에 빨갛게 익은 감이 그대로의 모습을 보이고 있다. 인간이야 어찌 벌거벗은 모습을 보일 수 있으랴. 감은 순수하다. 숨길 것도 없고 가식도 없다. 있는 그대로 있을 뿐이다.

그래도 나의 집에 들어온 손님이다. 대문까지 배웅했다.

"대문이 참 좋습니다. 이 글씨는 누가 쓴 것입니까?"

"제가 썼습니다. 저는 서예갑니다."

"글의 뜻을 말씀해 주실 수 있습니까?"

"이쪽은 조용히 사니 기분이 좋다 이고, 이쪽은 마음이 풍족하니 몸도 저절로 한가롭다입니다."

"뜻이 마음에 듭니다."

"감사합니다."

그들은 매우 유익한 책이라면서 성경 구절이 적혀 있는 책을 나의 손에 쥐어 주고 발길을 돌렸다.

나는 전도를 좋아하지 않는다. 전도는 자신이 믿는 종교의 교세를 확장하고 다른 종교의 세를 위축시키려는 마음이 깔려 있기 때문이다. 불교를 믿는 가정에서 한 사람을 기독교 신자로 만들어 보라. 그 가정에 먹구름이 드리워지지 않겠는가? 반대의 경우도 마찬가지일 것이다. 그러니 종교의 갈등이 무서운 것이다. 남을 배려할 줄 아는 사람은 그런 행위는 하지 못한다. 종교가 무엇인데 사람의 마음을 그렇게 혹독하게 만드는지 두렵기까지 하다.

신앙이란 좋은 것이기는 하나, 증오로 변하기 쉽고 일단 증오로 변하면 맵고 잔혹한 것이 문제이다.

지금 어느 교단은 교주가 노쇠하여 활동을 못하자 교주의 아들과 교주의 부인 즉 모자간에 법정 다툼이 벌어지고 있다는 보도를 보았다. 사찰에서도 돈 때문에 치고 박는 걸 보게 된다. 다 어리석은 짓이다.

나는 종교에 편견이 없다. 모든 종교에는 좋은 가르침이 많다.

그것을 순수하게 받아들이고 행복해지면 되는 것이 아닐까!

(2011. 10)

발문

김길웅
(수필가 · 문학평론가)

| 발문 |

서예와 수필의 접목에서 발효된 영묘한 문자향
-《망상 속에서》에 나타난 라석 현민식의 수필 세계

김길웅(수필가 · 문학평론가)

1

연전의 일. 기억도 마모되는지 어둑새벽으로 어슴푸레해 간다. 11월 하순께였을까. 난실의 분 하나가 꽃을 뽑아 올리며 하늘을 연다고 흡사 만삭의 임산부 애 비롯는 소리를 내고 있다. 아뿔싸, 성급도 해라, 일고여덟 중 이미 두엇은 멀쑥이 얼굴을 내밀었지 않은가.

애지중지하던 녀석이 산기를 드러내자 하도 기쁜 나머지 안절부절못하는 중 문득 떠오르는 얼굴이 있다. 라석 현민식 선생이었다. 난의 개화 ― 이 천지개벽의 내밀한 조화를 나 혼자 볼 수 있단 말인가. 생각이 미치자마자 녀석을 품 깊이 안고 버스에 몸을 맡겼다. 품에 안은 녀석을 사람들이 힐끔힐끔 탐스레 쳐다보는 바람에. 가슴이 울렁거렸다. 선생에게만 보이고 싶었던 갓난이를 뭇 세인에게 들키다니.

선생은 한·중 서예교류전으로 중국에 가고 서실에 안 계셨다. 난분을 서실 책상 위에 놓고 돌아서는데, 선생이 한마디 하는 것 같았다. "동보 왔다 가는가? 고맙네. 또 수필 쓰라는 채근이군 그래. 알았네, 알았어."

무엇이 막 꽃을 보이는 난을 들고 선생에게 달려가게 했을까. 그것은 당신의 아우라였다. 누구도 흉내 낼 수 없는 고매한 인품, 그 인품이 발산하는 영기靈氣, 그것이 나를 끌었던 것이다. 아우라란 종교 의식에서 기원하는 가깝고도 먼 어떤 것의 찰나적인 현상 아닌가. 선생은 내 안 깊숙이 그런 현상의 누적된 한 실체로 존재한다. 해를 거듭해 오래된 인연의 일로 오래전부터 호형호제 해 온 터다. 첫 수필집《청일원의 달빛》에 이어 두 번째 수필집《망상 속에서》를 상재함에 발문이 자연 당연지사처럼 내 몫이 돼 버렸다.

라석 현민식 선생(이하 현민식)과는 스무 해 넘게 우애를 쌓아 온 사이다. 실제 서예와 문학의 접목에 그 가교 역으로 나섰던 것임을 토설하게 된다. 나는 처음부터 현민식 서예의 그 기풍에 상당히 빠져 있었는데, 실은 서예가 아닌, 오랜 세월 서예로 갈고 닦은 예인의 기품과 기풍에 반한 것이었다.

서예는 붓으로 글씨를 쓰는 단순한 작업이 아니다. 단적으로 문자를 소재로 하는 조형예술이다. 자체로 쓰는 이의 사상·감정을 예술적으로 표현한다. 점·선·획의 태세太細, 장단, 필압筆

壓, 경중, 운필의 지속運速, 문자 상호간의 비례 균형이 혼연일체가 됐을 때 마침내 미묘한 조형미가 일어난다. 그러니 먹은 오채五彩를 아울러 머금었다 하매 검정색이지만 농담濃淡과 윤갈潤渴, 선염渲染과 비백飛白 등 운필에 따라 여러 색을 사용하는 것과 같은 신묘를 빚는다.

그냥 쓰거나 써지는 것이 아니다. 그 사람만이 쓰는 것이고, 그야말로 청고淸高하고 고아한 인격의 혼이 속속들이 침윤浸潤해 이뤄 내는 창작의 가열苛烈한 경지다.

증거를 들겠다. 신문이 대서특필한 일이다. '라석 선생에 중국대륙 매료', (제민일보, 2010.10.26) 현민식은 중국 3대 예술지의 하나인 〈희지서화보羲之書畵報〉가 1면에 저명작가로 지상전을 펼쳐 놓았다. 그의 필력이 전면을 장식해 중국을 석권한 것. 2010년의 일로, 서예의 전통적 가치에 헌신하며 한 길을 걸어 온 서예가로서 현민식이 세운 놀라운 기록이었다.

결코 우연한 일이 아니다. 아무리 서사 연마를 많이 해 능숙한 필력을 구사한다 해도 식견과 덕망이 결여돼 있으면, 서예는 한낱 저열한 손재주에 불과하다. 그런 손에서 태어난 글씨는 비속 천박해 한때 이목을 현란케 할 수 있을는지 몰라도 금세 눈 밖에 나게 된다. 진정한 광휘가 아니기 때문이다.

서화인들은 간단없이 문자향 서권기文字香 書卷氣를 갈구한다. 문자의 향기와 서권의 기가 서려 있는 작품을 뽑아내기 위해

끊임없이 서사 연마하고 쉴 새 없이 동서의 양서도 읽어야 한다.

평자가 치근거리며 서예에 수필을 접목했으면 하고 매달리다시피 한 소이가 현민식의 맑은 덕과 고아한 인품에 있었다. 그것은 그가 글씨를 쓰면서 글도 쓸 수 있는 타고난 재능을 보유하고 있다는 단순한 관찰에서 나오지 않았다. 근본에서 말해 그 선후가 다를 뿐이었다는 것, 수필을 먼저 하고 서예를 뒤에 했다면 서예 이전에 수필로 문재文才를 발휘해 서예 못잖게 이름을 빛냈으리라는 믿음을 지금도 간직하고 있다.

현민식이 기어이 수필가로 데뷔한 것이 2007년이니, 어언 11년이 됐다. 등단 2년 만에 상재한 첫 수필집《청일원의 달빛》은 그가 숨겨 둔 문학적 기질과 작가적 역량을 서슴없이 풀어놓은 수필 난장이었다. 지인들이 감탄하며 놀랐다. 그를 바라보던 경이의 서늘한 눈길을 나는 지금도 유쾌하게 기억 속에 가둬 두고 있다.

수필을 도 또는 인간학이라고 한다. 그 속에 작가의 덕과 학식과 인품이 녹아 들 수밖에 없다는 의미다. 수필이 일단 작가의 체험을 바탕으로 한 삶의 여적餘滴이기에 더욱 그러할 것이다. 이런 시각에서, 현민식이 쌓아 온 서력 반세기는 그가 축조해 가고 있는 수필의 성城을 더욱 유장하고 견고하게 함에 기여했을 것이 틀림없다.

이제 몇 편의 작품을 통해, 두 번째 수필집《망상 속에서》에 흐르는 현민식의 수필 세계를 조명해야 할 차례다. 그의 수필은 단조하지 않고 다양하다. 어느 한정된 범주를 벗어나 경계를 성큼 넘어 서고 있어 그의 발길이 닿는 외연이 생각보다 훨씬 넓다. 그의 수필이 세상을 바라보는 창이면서 삶을 화평으로 이끄는 중재자인가 하면, 때로는 불의와 잘못된 관행과 부조리에 대한 준열한 목소리가 행간을 뒤흔들고 있어 정신 번쩍 차리고 다가가려 한다.

해설에 인용한 작품은 부분이면서 현민식 수필 전체를 대표할 수 있는 단면적인 것으로 했음을 밝혀 둔다.

2

"어떤 내용의 글을 쓰고 싶은가?"

"제주도에 관해서 쓰고 싶다네."

"자네는 연구 업적이 많으니 지금까지도 많은 저서를 남겼지만 건강한 때 좋은 저작을 남기시게. 그런데 제주도의 글을 쓰는 데도 제주도의 어떤 분야를 주제로 한다는 게 있을 게 아닌가?"

"제주도는 평화의 섬이거든. 그런데 해군기지는 평화의 섬에 걸맞지가 않아."

"그런가? 그럼 군 시설을 없애는 게 좋겠군. 그럼 제주도는

평화의 도이고, 어느 도는 전쟁을 좋아하는 도인고? 제주도
만 평화를 사랑하고, 딴 도는 전쟁을 좋아하고 평화를 싫어한
다고 하면, 다른 도민들은 화나지 않겠어? 모든 도민이 다 평
화를 사랑하는 게 사실이 아닌가?

그러면 군사 시설을 남김없이 싹 없애야 되겠군. 그래야
옳지 않은가? 국방도 없애고, 군도 없애고, 그래야 평화를 사
랑한다고 할 수 있지 않은가? 어떤가? 내 말이 틀렸는가? 모
든 국민이 평화를 사랑한다고 해야 대한민국이 자랑스럽지
않겠어?"

"……."

-〈Y 교수와의 대화〉 부분

모처럼 마을길을 거닐며 현직 교수와 나눈 대화가 종당에 충
돌하고 있다. 지금은 강정에 해군기지가 들어서서 일단락된 사
안이나, 이 글을 쓰던 2010년만 해도 찬반양론이 첨예하게 대
립한 채 장기화되면서 마을 공동체가 흔들릴 정도로 그 국면이
요동치고 있었다. 현실적으로 이익을 내세울 수밖에 없는 지역
민들의 입장이 있을 것이지만 외부세력의 개입 등 해군기지에
대한 사업의 본질이 왜곡·훼손됐던 측면이 있었던 것을 우리는
기억한다.

문제에 대한 인식체계를 단순화하면 지역민들이 해군기지

라는 국책사업을 반대하고 나선 것은 님비현상이라 할 것이다. 장애인 시설이나 쓰레기 처리장, 화장장, 교도소같이 지역민들이 싫어할 시설이나 땅값이 떨어질 우려가 있는 시설이 자신이 살고 있는 지역에 들어서는 것을 반대하는 현상이 님비다. 그런 점이 당연히 고려돼야 할 것이지만, 해군기지는 여타의 시설과는 근본적으로 다른 국책사업이다.

Y 교수와의 대화에서 논거 명확한 화자의 말이 설득력을 얻고 있지 않은가. 해군기지가 평화를 해친다는 명분으로 반대한다면 이 나라의 다른 어느 지역에 들어서야 하는가. 이렇게 되묻는다면 이미 추론은 나 있는 것이 된다. 님비든 핌피든 모두 지역이기주의다. 가사 그것이 지역 이익에 배치되더라도 국가라는 대전제를 저버려선 나라가 안된다.

몹시 속이 허해진 현민식은 말미에서 자신의 심경을 곧바로 토설한다. '지식인들이 좌 쪽 냄새를 풍기는 것이 마음에 거슬린다. 이런 지식인들이 교단에서 사회에 붉은 물을 뿌리고 다닌다고 생각하니 기분이 별로 좋지 않았다.' 통렬한 육성으로 들린다.

교수는 말이 없다. 둘은 묵묵히 걷다가 헤어진다. 현민식의 서예 작품에서 문득 천지를 뒤덮을 뜻 휘청하는 역동성에 자지러질 때가 있다. 어찌 우연이라 하랴.

① 자기의 대나무 작품에 대한 자부심이 대단하다. 언제나 대가연大家然한다.

그가 자기의 작품을 진열할 회관을 짓는다고 한 지가 제법 오래됐다.

어느 날 그에게서 전화가 걸려왔다.

"라석 형, 요즈음 얼굴 보기가 힘이 드니 웬일이오?"

"나의 얼굴이야 어디 내놓을 만한 얼굴인가? 집에서 먹 갈고 장난하는 게 일과지 뭐."

"너무 겸손 떨지 말아요. 그럼 욕먹어요."

"욕이야 늘 먹는데, 나 욕먹는 거 무섭지 않아. 욕할 데가 있으면 나한테 하라고. 그런데 전시관 건물은 다 되었는가?"

"아직도 다 안됐어. 일은 할수록 욕심이 생겨서 하는 김에 잘하려니 그러네."

"중봉은 죽기는 글렀구먼."

"왜, 그래요?"

"애써 만든 회관 놔두고 어찌 죽을 수 있겠어? 나 같으면 절대 못 죽어."

-〈서예 친구〉 부분

② 어느 날 제자가 "이거 제가 복사했습니다."라고 하면서 그 푸대접하던 한산시를 복사하고, 복사본을 나의 앞에 겸연

한 눈으로 바라보게 내어 놓는다.

"이 사람아, 이건 버리려고 쓴 거야. 이런 폐지에 쓴 것을 어디에 내어 놓을 수 있겠나?"

"종이가 나쁘면 어떻습니까? 글씨가 버리기에는 너무 아깝지 않습니까? 그래서 산생님 몰래 가지고 가서 복사본을 만들었습니다."

복사본을 만드니 글씨의 얼굴이 제법 환해 보였다.

"수고했네. 자네가 수고했는데 버릴 수는 없겠고 서문을 쓰고, 시의 해석도 첨가해서 제대로 복사본을 만듭시다."

-〈한산시를 쓰고〉 부분

③ 감기의 영향을 받아서인지 이유 없이 휘호의 속도가 빨라졌다. 광적이라고 할 만치 빨리 썼다. 여태까지도 정성 들여 쓰기보다 마음을 비우고 마음 내키는 대로 써 왔지만, 오늘은 더욱 빠른 운필로 써서 글자들의 형상이 거칠고 살벌하다. 작은 붓으로 이렇게 큰 글자를 쓰기도 처음인 듯싶다. 우뚝 일어서기도 하고, 꺾고 비틀고 굴리면서 달리다가 멈추기를 반복하는 역할을 작은 붓은 견디지 못하여 필호는 만신창이가 된다. 다시 먹을 찍어서 원상복원하면서 쓰다 보니 화선지 30장이 다 소진되었다. 서서 썼으므로 무릎관절이 아프다 한다. 저녁을 먹고 쉬었다. 다음 날 같은 화선지를 구입하

여 오후 3시부터 쓰기 시작했다. 휘호 속도를 더욱 빠르게 하여 화선지 22매를 썼다. 몸이 피곤하여 글씨가 잘 안 된다. 몸이 전 같지 않다. (중략)

16일은 나머지를 다 쓰고 끝을 맺었다. 17일은 순서대로 정리하여 낙관落款하고 호치키츠로 눌렀다. 천자문이 완성되었다.

-〈광필狂筆 천자문을 쓰고〉 부분

현민식은 이제 서력 반세기를 훌쩍 넘어서면서 시·서화 겸전의 경지에 이르렀다. ①, ②, ③은 그의 서도 주변을 소재로 한 글들이다.

①은 서울의 서예 친구 중봉中峰과 전화로 주고받은 사연인데, 서예가 대가에 이르면 이러는가. 친구 사이의 격의 없는 교유의 면모 예인다움이 탐스럽다. 속에 담아 둔 속정을 다 털어내듯 거리낌이 없다. 팔순 노작가들 대화가 마치 천진무구한 아이들 같다. 나무라듯 나무람이 아니요 꾸짖되 꾸짖음이 아니다. 오히려 깎듯이 상대를 존중하고 따뜻이 일깨우며 배려하는 의중이 마치 노련한 붓놀림을 연상케 한다.

현민식은 어느 날 평자와 담소하는 중 작품을 진열할 기념관은 짓지 않기로 작파했노라 귀띔한 적이 있다. 만들어 놓으면 앞으로 자식들, 제자들 그리고 공무원들에게까지 걱정거리가 될 터이니, 타자들에게 왜 그런 피해를 주느냐는 것이다.

② 버린 종이라 잘 쓰려는 생각 없이 슬슬 써 구겨진 대로 버려졌던 것이 어느 날 얼굴을 들추더니 주위에서 '최고의 걸작'이라 하지 않는가. '마음이 호수처럼 맑고 순수한 때에 쓴 글씨가 가장 기절奇絶한 작품이 된다는 사실을 다시 느끼게 된다.'고 말한다. 평소에 연마하지 않으면 마음이 불안하다. 마음이 맑고 여유롭지 않으면 설령 연습을 많이 한다 해도 명품이 나올 수 없다. 서도가들은 수정을 가하면서 아름답게 꾸미지 않는다. 수정한다고 아름다워지지 않는 것이 글씨다. 붓을 잡았을 때의 마음을 단번에 화선지에다 형상화해 완성시켜야 한다.

현민식은 퍼뜩 깨닫는다. '내가 한산시를 쓸 때는 마음에 부담이 없이 청정한 마음으로 썼지 않았나 하고 생각이 든다.'고.

③ 감기로 신열이 끓는 중에 썼다는 것이다.

'쉴 새 없이 흘러내리는 콧물을 닦으면서 무심코 먹을 갈아, 호毫의 직경이 1센티미터인 7호의 작은 붓에 먹을 찍어서 신문지에 장난삼아 〈天地玄黃 宇宙洪荒〉을 썼다. '天' 자는 길게 '地' 자는 납작하게, '玄' 자는 납작하게, '黃' 자는 장방형으로 썼다. 글자의 모양을 달리하고 싶기 때문이다. 작은 붓을 눌러서 크게 썼으므로 획은 거칠고 비백飛白이 많아졌다.'

이 장면에 등장하고 있는 대서예가 현민식은 아무리 눈을 똑바로 뜨고 봐도 영락없는 기인奇人이다. 범인의 눈에는 정상적인 임서도 운필도 아니다. 한데 이것은 평범한 기존 그리고 늘 그러해 오던 타성적 관행과 제자리만 맴돌던 답보에 대한 일탈이었다. 부지불식중 그것은 자신에 대한 대반란이었다.

현민식은 자신을 싸고도는 광기狂氣에 따라 붓을 놀렸다. 연습용 화선지를 반으로 잘라 접어서 한 장에 16자씩 쓰기 시작했다. '미친 듯, 광적狂的으로 빠르게 휘호揮毫했다.'는 것이다. 당연히 글자들의 형상이 거칠고 살벌할 수밖에. 장난삼아 쓰기 시작한 것이 기이奇異한 작품으로 탄생됐다. 맨 마지막에 쓴 것이 '狂筆 千字文' 표지라 한다. 충격적인 형상을 하고 있을 것인데, 언제 한번 간청해 보고 싶다.

①과 ②는 같은 서예이면서도 작품의 환경이 확연히 다르다. 그만큼 대비적이다.

①이 정적인 평상심에 쓴 것인데 반해, ②는 폭발적인 광기에 휘둘렸다. 더욱이 감기로 콧불이 끓는 중이었으니 예사로운 처지가 아니었다. 아무나 넘볼 경지가 아니거니와 그런 서예가 이뤄진 현장을 여실하게 묘사한 현민식의 문학적 수사에 감탄하게 된다. 휘호하는 화자의 거친 숨소리에 행간까지 들썩이는 듯하다.

만 원짜리 지폐도 나의 호주머니에 들어오면 나의 소유이지만, 이놈은 들어오자마자 나가고 싶어서 좀이 쑤시는지 미련 없이 훌쩍 떠나고 만다. 그 만 원짜리 지폐는 원래 나의 소유가 아니다. 모든 소유물이 이와 같으니 무엇이 정말 나의 재산인지 알 수가 없구나.

하지만 달은 영원히 나의 재산이다. 내가 달을 소유했다고 시비할 사람도 없고, 검찰에 고발할 사람도 없다. 한밤중에 흉기를 들고 와서 내놓으라고 협박할 사람도 없고, 세금을 부과하지도 않으니 참으로 가질 만하지 않은가. 굳이 등기를 하지 않아도 되고 저장할 창고나 금고를 마련할 필요도 없어, 하늘 높이 둥실 띄워 놓고 만인이 같이 즐길 수 있어 더욱 좋다.(중략)

연변 교민과의 서예교류전을 위하여 연변을 방문한 일이 있었다. 그 좋은 기회에 백두산에 올랐다. 일기가 화창하여 천지의 맑은 물이 아름다웠다. 장백폭포의 비탈진 돌길을 기어올라 천지의 맑은 물에서 세속의 때를 말끔히 씻었다. 나는 불현듯 천지가 탐나서 그대로 돌아서서 올 수가 없었다. 하여 천지를 나의 소유로 하고서 친구에게 선언하였다.

"이 천지는 내 거야."

"하하하 라석이 미쳤군! 그럼 이 천지를 어떻게 가져가겠는가? 또 등기는 어떻게 하고?"

"에끼 이 사람아, 나를 어떻게 보고 그 따위 망발을 하는가? 천지연은 여기 그대로 있어야 천지연인 거야."

–〈다소유벽多所有癖〉부분

현민식의 인간적 심성과 인생관이 여실하게 드러나 있다. 재물에 욕심이 없는 사람이 있겠는가. 또 인간의 욕망은 한이 없는 것이다. 하지만 재물을 소유하려 한다고 되는 것이 아니며, 욕망 또한 채우려 한다고 채워지는 것이 아니다.

법정의 무소유를 생각게 한다. "우리는 필요에 의해서 물건을 갖지만, 때로는 그 물건 때문에 마음이 쓰이게 된다. 따라서 무엇인가를 갖는다는 것은 다른 한편 무엇인가에 얽매이는 것. 그러므로 많이 갖고 있다는 것은 그만큼 많이 얽혀 있다는 뜻이다."

법정은 내 삶을 이루는 소박한 행복 세 가지는 스승이자 벗인 책 몇 권, 나의 일손을 기다리는 채소밭 그리고 오두막 옆 개울물을 길어다 마시는 찬 한 잔이라 했다. 아무 것도 갖지 않을 때 비로소 온 세상을 갖게 된다는 의미다.

과연 현민식은 달과 천지연을 온전히 가졌다. 그뿐이랴. 별, 한라산, 푸른 바다, 성산일출봉, 서해의 흑산도, 중국의 태산, 아미산, 화산…. 그러고 보니, 그의 재산목록 아닌 것이 없다.

재물에 눈 어둔 일부 전직 고관과 현직 국회의원이 뇌물을 꿀꺽하고서 오리발 내민다고 국민들 분통을 터뜨린다면서 혹독히 꾸짖는다. '그 꼬락서니'라고 극언했다. 올바르지 못한 자들의 비행과 사회악을 향한 비판의 목소리가 쩌렁쩌렁 불호령으로 울린다. 아니나 다를까, '나의 다소유벽은 엄청 부자가 될 수 있을 뿐 아니라 건강에도 좋고, 언제나 마음도 넉넉해지는 매우 유익한 병'이라 토정했다.

성종의 친형이면서도 부귀영화와 명리를 버리고 은일자적 자연과 부침浮沈을 함께했던 월산대군의 시조를 문득 떠올리게 한다. '추강에 밤이 드니 물결이 차노매라/ 낚시 드리우니 고기 아니 무노매라/ 무심한 달빛만 싣고 빈 배 저어 오노라.' 그는 왕족답지 않게 명예욕이나 재물을 물리치고 한 생을 맑게 살았다.

현민식은 평생을 시종여일 '무심'의 경지에서 먹을 갈고 수필을 쓴다.

① 우리 집 청일원淸逸苑의 윤심지潤心池 물소리는 속삭임이다. 귓가에서 간지리 듯 다정하게 소곤소곤 속삭인다. 맑디맑은 애잔한 목소리로 아침마다 나의 영혼을 맑고 촉촉이 적셔 준다.

② 인간사회도 물과 같아서 기울어지면 소리 내며 흐른다. 경사가 급하면 벽력같은 소리를 지르며 흐른다. 높은 절벽을 만나면 포효하며 뛰어내린다. 앞을 가로막는 장애물을 사정없이 휩쓸고 지나간다. 그러므로 우리 사회는 경사가 급하면 안된다. 경사를 완만하게 조절하여 흐르는 물소리를 부드럽게 해야 한다.

③ 아침마다 이 물소리를 들으면서 인간사회가 개울물과

같이 맑은 소리를 내며 흘러가기를 소망해 본다. 인간사회는 너무 편차가 벌어져서 심하게 기울어지면 급경사를 흐르는 물처럼 굉음轟音을 내며 요동칠 것이요, 때로는 홍수가 되어 둑을 무너뜨릴 수도 있을 것이다. 그러므로 흐르는 물의 수위水位 조절에 게으르지 말아야 한다.

-⟨물소리⟩ 부분

무심결에 듣는 정원의 물소리가 연상을 불러 관념연합으로 남실대어 흐른다. 잔잔한 상념이 흐름의 동세를 얻어 흐르며 화자의 의식세계로 진입해 파장을 일으키고 있다. ①→②→③으로 흐르는, 사유의 놀라운 파급에 주목하게 된다.

① 물소리의 속삭임→② 벽력같은 인간사회의 물소리→③ 인간사회가 내는 맑은 물소리 희구로, 흐르고 있는 실체는 바로 화자의 의식의 흐름을 타고 있는 그 물소리다.

화자는 맑은 물소리에 세속 번뇌를 씻으며 선경에 들었다 문득 인간사회의 물소리로 오버랩 된다. 언제든 요동칠 수 있는 물소리라 수위를 조절해야 한다. 이렇게 흐르던 물소리에 상생의 순리를 포개면서, 기업 간에 상생하는 방법을 놓고 물소리의 이치로 고민했으면 좋겠다고 발끈한다. 개인에서 사회로의, 의식의 점층적 심화다.

'선거가 거듭될수록 정치인인 풍백우사風伯雨師가 날뛰며 불안을 가중시킨다. 조심할 일이다.'고 경계를 늦추지 않는다.

요란한 소리로 어지러운 사회를 향해 경종을 울리고 있다. 작가는 사회의 부조리에 눈감은 채 그냥 좌시하거나 간과해서는 안된다. 일정 수준 목소리를 낼 수 있어야 한다. 수필가도 사회와 현실이라는 대지에 발을 딛고 서 있는 한 그루의 나무이기 때문이다.

나는 선비연한 나머지 나의 입에서는 상을 달라는 말은 단 한 번도 나오지 않았다. 그러니 상을 받을 수 없을 것은 당연하다. 오늘날의 상장은 우열을 가려서 주지 않는다. 그러므로 더욱 열심히 갈고 닦으면서, 부당하게 얻은 상장보다 훌륭한 작품을 쓸 수 있는 능력을 중시했다. 실력보다 상을 중시하는 제자들은 나의 곁을 떠났다. 하지만 그들을 나무랄 수만도 없다. 세상이 다 썩었으니 그들만 독야청청하라고 할 수도 없지 않은가. 그들도 환경에 적응하면서 생활했을 것이다.

나는 지금 서울에서 열리는 전시회에 작품을 출품하기 시작했다. 거기에는 수상 경력이 화려한 분들, 학력과 경력이 눈부신 분들이 많았다. 모두가 훌륭한 분들이다. 하지만 서도 작품 전시회에서는 훌륭한 작품의 작가가 제일이다. 수상 경력이 아무리 화려해도 아무 의미가 없다. 많은 감상자들이 나의 작품 앞에 모여든다. 망상이 차츰 현실화되는 느낌이 들었다.

한·중교류전에서는 나의 행서 작품이 한국 측 대표 작품으로 선정되기도 했다. 같이 참가한 서양화가 동양화가들에게 미안한 생각이 들었다. 중국 예술신문 1면 전면과 5면 전면이 나의 작품으로 채워졌다. 나의 해서楷書 천자문은 중국 제일인자의 천자문보다 더 잘 썼다는 평을 받았다. 중국 친구들은 "중국 신문 1면 전면을 외국인에게 내 준 사례가 없는데, 라석 선생님이 처음입니다."라고 축하해 주었다. 망상이 현실이 되어 가고 있다.

-〈망상 속에서〉 부분

화자는 도입에서 '나 역시 어쩌면 망상 속에서 살아왔다고 해도 틀리지 않는다.'고 했다. 그러면서 은연중 피해망상·과대망상 같은 망상이 지니는 사고思考의 이상 현상이라는 뉘앙스를 풍긴다. 그러나 그렇게만 볼 것이 아니다. 이 작품에서처럼 '망상'은 비합리하고 비현실적이면서도 '주관적 확신을 갖고 있는 고집'이라는 특색을 지니기도 한다. 현민식은 망상을 후자의 그런 긍정적이고 생산적인 에너지원으로 인식한 것 아닐까.

교직에 발을 놓으면서 젊은 한때 인생에 대한 암중모색으로 열병처럼 고뇌와 방황을 시작한다. 그 후 여러 가지 우여곡절을 겪으면서 더욱 인생의 무상과 허무에 다가간 그는 마침내 그 허무의 근원에서 서도와의 운명적인 만남이 이뤄진다. 자신을 필법에 맞게 개조한다고 작심하기에 이른 것이다. 책을 스승으로 독학했다. 그는 '만약 어느 선생의 문하에 입문했다면 나의 오늘은 꿈도 못 꾸었을 것'이라 한마디로 직핍直逼한다.

현민식에게 망상은 종국에 서예 대가의 꿈과 대망을 키워 준 자양이었다. 미래는 도전하는 자의 몫이란 말이 떠오른다.

이 작품은 화자가 굽이굽이 거쳐 온 인생 역정을 요약한 것으로 현민식의 '인생백서'라 해도 좋을 만큼 파란만장했던 과정과 사실에 충실했다. 도도한 강물의 흐름 같은 인생 서사를 13매의 수필에 압축해 놓은 필력 또한 놀라운 것이라 눈길을 끈다. 문학은 재능 없이 되지 않는다.

어휘 선택·구사, 표현과 문장의 유연한 전개 그리고 탄탄한 구성에 이르기까지 대표작으로서 전혀 손색이 없다. 화자는 아무래도 망상이란 말이 마음에 걸렸던 모양. 결말에서 '하지만 어제의 것은 잊고 새로운 것만을 쫓는 망상병은 스스로 고칠 수가 없구나.'라 했다. 하지만 현민식에게 망상은 병이 아니었다. 서도 인생을 무성하게 해 준 비옥한 토양이었다.

퇴계 선생이 훈계하는 글이 나를 꾸짖는다.

"범독서자 수효문의 약미숙즉 선독선망 미능존지어심 필야 (凡讀書者 雖曉文義 若未熟則 旋讀旋忘 未能存之於心 必也) 무릇 글을 읽는 것은 비록 글의 뜻을 깨달았다고 하더라도 만약 잘 읽히지 못했다면 빨리 읽고 빨리 잊어버려서, 아직 글의 뜻을 마음에 저장하지 못할 것이 틀림이 없다. 즉 읽으나마나 한 결과가 되느니라." '다음부터는 건성건성 읽지 않고 마음에 새기면서 여러 번 읽어서 마음에 잘 간직하겠습니다.'고 다시 다짐한다.

화선지를 반으로 잘라서 행서로 휘호했다. 사실 퇴계 선생은 나를 위하여 이 글을 남기신 것 같다. 나의 기억력은 매우 열등하다. 책을 읽으면 금방 잊고 만다. 하지만 천자문은 수백 번 읽고 작품으로 수십 번 쓴 결과 암기할 수 있게 되었다.

사실 천자문을 암기하는 데는 남다른 노력을 했다. 산책하면서, 화장실에서, 목욕탕 온실에서, 잠자리에서 등 어디서나 시간이 나면 외우니 결국 나의 머릿속에서 도망가지 못하게 감금되고 말았다.(중략)

퇴계 선생은 오래전에 살다 가셨지만 영원한 우리의 스승이시다. 오늘은 퇴계 선생의 가르침을 읽고 반성하는 마음으로 느낌의 일단을 적었다.

-〈퇴계 선생의 가르침〉 부분

책을 읽음에 그 행간을 온전히 음미해 읽어야 한다는 정독精讀을 통한 터득의 묘리를 곱씹게 한다. 그러한 독서의 기본자세를 강조한 퇴계 선생의 가르침이 '나를 꾸짖는다.'면서 행서로 휘호한다. 그 가르침이 실천을 통해 구체화된 것이 천자문을 외운 것. 현민식은 스스로 자신의 암기력이 열등하다며 그것의 보완을 위해 좌와기거에 껴안아 천자문을 떠나지 않음으로써 결국 암기했다 한다. 여간한 근기와 노력으로 되는 일이 아닐 것이다.

이 작품에서 내보이고자 한 궁극은 언외로 행간에 숨어 있다. 그것은 퇴계 선생의 가르침에 대한 후학으로서의 지극한 감응이다. '고인도 날 못 보고 나도 고인 못 뵈/ 고인을 못 봬도 녀던 길 앞에 있네/ 녀던 길 앞에 있으니 아니 녀고 어떠리' 퇴계 선생의 연작시조 〈도산십이곡〉 중 제9수다. 나 또한 고인이 가던 길을 따라 걷겠다고 다짐 함이니, 학문 수양의 길을 꾸준히 걸어가라는 교훈을 담고 있다. 모름지기 학문에 정진하라는 가르침으로 퇴계 선생의 육성이 들려오는 듯하다. 서예와 시조의 만남이 어찌 우연이랴. 온고지신이고 법고창신이다.

담배 끊을 결심 후 일 년이 훌쩍 지난, 여름의 어느 일요일 밖에는 비가 내리고 있었다. 나는 창문을 열고 쏟아지는 빗줄기를 바라보면서 담배 연기를 연신 내뿜고 있었다. 그러다 퍼뜩, '내가 담배 끊기를 결심한 지 벌써 일 년이 됐는데도, 매일 끊을 결심한 되풀이하면서 입에 담배를 꽂고 있다니, 이러고서야 어찌 의지 있는'사람이라 할 수 있겠가? 하는 생각이 충격적으로 가슴을 내지른다. 의지 약하고 미련한 자신, 담배에 발목 잡혀 꼼짝 못하는 나약한 자신에 대한 증오심이 끓어올랐다. 순간, 나는 빨던 담배를 입에서 뽑아 빗방울이 튀는 마당에 내던지고, 재떨이도 내동댕이쳐 버리고 단호하게 담배를 끊었다. 담배와 재떨이는 빗속에서 비참한 최후를 맞은 것이다. 그때 나의 나이 26살이었으니 십 년 동안 열심히 피우고 끊었다.

담배를 끊으니 친구들이 독한 놈이라고 조롱하여 난감했다.

-〈단연기斷煙記〉부분

4·3때 경찰을 경계하는 비계備戒를 서며 열여섯에 배운 담배가 6·25전쟁에 학도병으로 입대해 화랑 담배를 피우면서 골초가 됐다고 실토하고 있다. '담배는 꽁초라는 말이 있거니와, 꽁초를 피워 본 사람만이 그 맛을 안다.'고 할 정도다.

그런데 현민식은 십 년 동안 홀홀 피워 행복감을 맛보던 담배를 끊었다. 금한다는 것과 끊는다는 것은 틀리다. 금연은 단호함이 없어 소극적인데 단연은 독하게 선을 긋는 실천 의지가 있다. 현민식은 단호했다. 금연한 것이 아니라 증오의 대상으로서 담배를 단연코 단연한 것이다.

빗속으로 피우던 담배를 내던지고 담배 재떨이까지 내동댕이치고 있다. 빗속에 '최후를 맞는' 담배와 재떨이의 모습이 처연

(?)할 지경이다. 그렇게 담배를 끊었다. 담배 끊은 사람하고는 상종 말라는 그 담배를 기어이 끊은 것이다. 그것은 단지 담배를 끊은 것에 지나지 않는다. 나약한 자신의 의지에 대한 냉엄한 질타이면서 자기 검속의 결행이었다. 60년이 지난 회고담이다.

담배를 끊는 행위의 구체적 묘사가 실감난다. 언어에 활력을 불어 넣어 표현의 묘를 얻으면서 생동감이 넘치고 있다.

'요즈음 담배의 해악에 대한 보도가 자극적이다. 그 맛있는 담배가 왜 이 지경이 되었을까? 사람이나 시대의 흐름에 따라 팔자가 변하는구나 하는 생각이 든다.' 이 도입단락은 이후 전개될 담배의 운명을 은근히 드러낸 것으로 작품 속으로 독자를 끌어들이는 흡인력이 되고 있어 주목하게 된다. 현민식은 서에 대가로 수필을 쓰지만 글쓰기를 여기餘技로 여기지 않는다. 서예를 하며 틈틈이 써 온 수필에 들인 내공이 값질 수밖에 없는 이유다. 이 대목만 해도 그렇다. 직설적인 듯 슬며시 내보이는 암시적 기법이 눈길을 끌고 있어서다.

① 동쪽 수평선 하늘이 붉게 물들어 아침 해가 우리를 맞을 준비가 끝났음을 알리고 있었다. 바다의 수면이 너무 잔잔하여 마치 거울 면을 방불케 한다. 나의 마음은 고요한 바다와 하나가 되어 무아지경이 된다. 바다는 마치 깊은 명상에 잠긴 듯하다.(중략) 저 바다는 그 밑에 온갖 만상萬象을 품고

있다. 그런데도 무의 경지가 아닌가. 아무 것도 품은 것이 없는 듯 조용하다. 석가여래 부처님도 정적 속에서 깊은 명상에 잠기지 않았던가.

② 나의 기원에 응답하려는 듯 수평선에 아침 해가 머리를 내밀려는 순간, 공교롭게도 검은 구름이 아침 해를 가로 막는다. 하지만 잠깐 후 해는 드디어 구름 사이를 비집고 나왔다. 구름이 물러간 때는 태양의 열기가 뜨겁고 그 빛이 너무 강렬하여 카메라에 담을 수도 없고, 소망을 빌 수 있는 분위기는 사라지고 말았다. 아쉬운 순간이었다.

③ 자연은 우리의 마음을 속되지 않게 하는 조물주의 선물이다. 바다의 상큼한 해기海氣며 수억 겁을 바다물결에 씻기며 곱게 닦인 바위들의 떳떳한 자태를 보면서 자연의 위대한 힘과, 게다가 그것들이 우리의 삶에 행복을 주는 데 감사하였다. 연화정과 해변을 돌아 발길을 돌렸다.

④ 이번 여행은 나에게는 매우 뜻 깊은 여행이다. 나를 제외한 일행 모든 분이 부처님 가까이에 계시는 불심이 도타운 훌륭한 분들이기 때문이다. 여행의 스케줄도 의미 있고 아름다웠다. 행복한 체험의 연속이었다. 그런데도 낙산사의 바닷가 의상대에서 바라본 조용하고 잔잔한 바다! 만상을 품고도 거울 같은 바다를 바라보면서 사색에 잠겼던 순간을 잊을 수 없다.

　　　　　　　　　　　-〈낙산사 의상대에 서서〉 부분

①일출 직전, 정적에 잠긴 동해→②일출의 순간, 구름에 가린 아쉬움→③감회, 자연의 아름다움과 위대함→④여행의 정리, 이렇게 순차적으로 진행하고 있다. 산만할 수 있는 기행수필인데도 문장 전체의 전개가 정연하다.

②의 구름에 가린 아침 해가 아쉽다. 낙산사 의상대는 의상 스님의 수행처라 전하는 유서 깊은 곳이다. 주위 경관이 절경이라 예로부터 관동팔경의 하나로 꼽히면서 시인묵객이 즐겨 찾았다. 모처럼 찾은 곳이다. 비록 구름이 아침 해를 가렸다 하나 일출 전후의 현란한 분위기를 다소간 묘사했으면 하는 아쉬움이 남는다. 일출이 구름에 묻히면서 정적이 겹겹이 두껍게 자리했을 것이고, 정적은 화자에게 명상을 불러 눈앞의 경관이 뒷전으로 밀린 탓도 없지 않았으리라.《망상 속에서》에 실린 유일한 기행수필이라 유독 눈에 띄어 사족을 달았다.

고요한 바다를 비유하고 있는 수사 기교가 특히 눈길을 붙든다. '거울면을 연상케 한다', '바다는 마치 깊은 명상에 잠긴 듯하다', '바다는 정적으로써 나의 마음을 깊은 사색 속으로 끌고 들어간다'라 한 데는 흔한 직유만 아니라 의인법도 적절히 사용해 사물의 사실적 표현에 몫을 했다.

통역을 불렀다. "내가 중국 작가와 같이 작품을 쓸 수 있도록 주선해 달라"고 해서 중국 작가와 같은 테이블에서 서로 권하면서 작품을 쓰니 분위기가 화기 넘치게 되었다.

　중국 작가들은 운필법에 대한 바른 이해가 부족하면서도 재미있는 형태를 만드는 데는 재주가 있었다. 그들의 권유에 따라 나는 붓을 잡고 至誠感天, 心如水, 似蘭斯馨, 如松之盛 등 생각나는 대로 휘호하였다. 나의 휘호는 속필이다. 휘갈겨 행초서로 썼다. 그런데 중국 작가들은 작품은 하지 않고 나의 휘호 모습을 보러 모여든다. 그래서 내가 휘호할 때마다 엄지 손가락을 세우면서 넘버원이라고 한다. 나는 그들에게 천자 문을 나누어 주었다. (중략) 나는 그들의 호의에 보답하기 위해 나의 희수전 작품집을 한 권씩 나누어 주니 너무 좋아한 다. 북경에 오라고 신신당부하나 갈 수가 있을지 아직은 미지 수다. 가서 그들과 만나고 싶다. 문화를 통하여 쌓은 우정은 순수하다.

-〈어느 날의 일기〉 부분

　중국의 서화대가들이 내도해 웰컴센터에서 그들과 함께했던 어느 날의 일기다. 중국인에 대한 감정이 그다지 곱지 않으면 서도, 이웃과 선린관계를 맺고 살아가야 하는 숙명을 피할 수 없고, 사람들이 서로 정의情誼를 맺는 것은 생을 영위하는 데 중요하고 아름다운 일이라 기꺼이 참석했다 한다.

　국가도 인종도 국경도 뛰어넘는 것이 예술이다. 중국의 대가들과 어우러져 휘호하는 장면이 참 화기애애하다. 자유자재 휘호하며 교감하는 모습에서 현민식의 대가다운 면모를 대하는 기쁨이 이만저만 아니다. 격의 없는 교류의 자리가 됐고 이는 중국에 한국 서도를 이해시키는 중요한 계기가 됐을 것은 물론이다. 천자문이며 도록을 건네는 현민식의 상기된 표정이 눈앞에 어른거린다.

한데 문제가 있었다. 제주도 문화 담당 국장에게 "외국 손님이 오면 감귤만 선물할 게 아니라 문화 작품을 선물하는 게 좋을 것입니다. 필요하면 나의 작품집 백 권을 드리겠습니다."고 조언했다 한다. 한데 그 후 꿩 구워먹은 소식이었다지 않은가.

'제주의 자연환경만 노래할 게 아니라 제주의 문화를, 제주인의 창의력도 자랑할 필요가 있다. 행정 하는 사람이 목에 힘을 빼고, 문화에 대한 이해와 애정 있기를 바란다.' 유의미한 현민식의 독백에 가슴을 쓸어내린다.

대가다운 탁견이다.

3

현민식 서화를 1면 전면에 게재한 〈희지서화보〉 사장 마오동카이 중국 산동성 문예평론가협회 고문은 현지에서 베풀어진 전시회 내내 라석의 작품에 관심을 보이며 "산동성은 물론 중국 어디를 살펴도 이만한 필력을 찾아보기 힘들다. 직접 작품평도 쓰겠다."고 했다 한다.

과연 〈희지서화보. 108호 1면에는 라석 선생의 약력은 물론 힘 있고 무게감 있는, 때로는 제주의 바람처럼 필이 살아 움직여 지면과 호흡하는 듯한 서예와 문인화 작품 12점이 실렸다. 평자 확신하건대 이 일은 장차 한국 서예의 전설이 될 것이다.

서예와 수필은 공통분모를 갖고 있다.

서예는 먼저 글자를 쓰는 것으로써 예술이 성립된다. 점·선의 구성과 비례, 균형에 따라 공간미가 창출된다. 필순 곧 시간의 흐름에 따라 형성되는 것이 서예다. 필순에 따른 운필의 강약으로 율동미가 전개된다. 그런다고 자연의 구체적 사물을 그리는 것이 아닌, 글자라는 추상적인 것을 소재로 삼는다. 그것이 자아내는 세계는 놀라우리만치 무궁무진하다.

수필은 삶 속의 체험을 끄집어내 문학적으로 변용함으로써 작품으로 성립하는 과정을 거친다. 그것은 빼놓을 수 없는 미적 가공 단계다. 소재에 의미를 부여하고 그 속에 작가의 삶을 투영한다. 사실을 복사하듯 그대로 묘사하지 않고 사실 속에 숨어 있는 인생의 진실을 찾아낸다. 수필은 사람이 살아가는 이야기를 탐구하는 데 가장 적합한 절묘한 장르다.

'서예와 문학의 접목에서 발효된 영묘한 문자향', 나는 현민식의 서예에서 충만한 문자향 서권기를 맛보는 호사를 누린다. 가슴속에 맑고 드높고 고아한 뜻이 있지 않다면 그렇다고 손에서 나올 수 없는 향기요 글에 녹아 흐르는 기운이 문자향 서권기가 아닌가. 그것은 가슴속에서 영혼으로 피어나는 것이다.

추사 김정희도, 사람의 마음속에 글자와 그림에서 향기를 품고 책 속의 기상이 밖으로 드러나는 고매한 인품이 먼저 갖추어질 것을 강조했다.

현민식은 서예가로 우리 앞에 산처럼 흘립했다. 그가 서 있는 절정은 구름이나 넘보게 높고 아득하다. 그 명성을 얻기까지 그가 힘써 온 끊임없는 각고와 그칠 줄 모른 면려와 탁마는 말로 할 것이 못 된다. 곁에서 지켜보는 수많은 이들을 숙연하게 한다. 그 내공에서 그는 종국에 서예의 정점을 찍었다. 그러고서 수필이라는 문학의 영역에 발을 놓았다. 수필이 얼마나 아름답고 속 깊은 문학인가. 서예와 수필, 두 장르의 결합, 이는 아무나 할 수 없는 놀라운 확보이고 획득이 아닐 수 없다.

등단해 어느새 10년, 이제 현민식은 서예가이자 수필가다. 들머리 작가의 말에 그의 수필에 대한 애정 어린 소회가 잘 녹아 있다.

"이제 가슴에 품었던 글을 모아 세수를 시키고 길 떠날 준비를 시켰습니다. 먹 갈아 글씨 쓰고 그림 그리다가 틈틈이 시간을 내어 탄생시킨 녀석들입니다. 잘 생기지는 못했습니다만, 이제 여러분의 품속으로 보내렵니다. 가을바람과 함께 떠나보낼 겁니다. 가는 데마다 많은 사랑 받았으면 기쁘겠습니다."

자신의 수필을 '잘 생기지는 못했다' 했지만 '가을바람과 함께 품속으로 보내니 가는 데마다 사랑 받았으면 기쁘겠다.' 했다. 담박, 진솔한 심경의 토로가 아닌가. 대가가 부단히 서화를 하는 중에 고단함도 뿌리치며 쓴 수필이라 더욱 값질 수밖에 없다.

　끝으로 현민식의 수필이 서예와 대등한 층위에서 평가 받기를 비는 마음 간절하다. 특별히 덧댈 것은 없으나 굳이 사족을 단다면, 수필을 좌우하는 것은 어휘이므로 이 점에 조금만 더 고심했으면 한다. 어휘를 많이 늘리고 또 선택과 구사에 공을 들였으면 하는 것이다. 이미 수필이 어느 수준을 넘고 있으니 이대로 정진했으면 좋겠다.

　서화와 수필이 동행하는 길에 좋은 운세를 얻으리라 믿으며 부디 건강을 살펴 백세를 누리시기를.

라석 현민식 제2 수필집

망상 속에서

초판인쇄 2018년 10월 10일
초판발행 2018년 10월 22일

지은이 현민식
펴낸이 노용제
펴낸곳 정은출판
주 소 서울특별시 중구 창경궁로1길 29 (3F)
전 화 02-2272-9280
팩 스 02-2277-1350
이메일 rossjw@hanmail.net
ISBN 978-89-5824-379-3 (03810)

값 14,000원